蓝色海洋

海洋神话

刘 可 编著

吉林出版集团股份有限公司

图书在版编目（CIP）数据

海洋神话 / 刘可编著. —— 长春：吉林出版集团
股份有限公司，2013.9
（蓝色海洋）
ISBN 978-7-5534-3328-8

Ⅰ．①海… Ⅱ．①刘… Ⅲ．①神话－作品集－中国
Ⅳ．①I277.5

中国版本图书馆CIP数据核字(2013)第227225号

海洋神话
HAIYANG SHENHUA

编　　著	刘　可
策　　划	刘　野
责任编辑	祖　航　李　娇
封面设计	艺　石
开　　本	710mm×1000mm　　1/16
字　　数	75千
印　　张	9.5
定　　价	32.00元
版　　次	2014年3月第1版
印　　次	2018年5月第4次印刷
印　　刷	黄冈市新华印刷股份有限公司

出　　版	吉林出版集团股份有限公司
发　　行	吉林出版集团股份有限公司
地　　址	长春市人民大街4646号
	邮编：130021
电　　话	总编办：0431-88029858
	发行科：0431-88029836
邮　　箱	SXWH00110@163.com
书　　号	ISBN 978-7-5534-3328-8

前　言▍

　　远观地球，海洋像一团团浓重的深蓝均匀地镶涂在地球上，成为地球上最显眼的色彩，也是地球上最美的风景。近观大海，它携一层层白浪花从远方涌来，又延伸至我们望不见的地方。海洋承载了人类太多的幻想，这些幻想也不断地激发着人类对海洋的认知和探索。

　　无数的人向着海洋奔来，不忍只带着美好的记忆离去。从海洋吹来的柔软清风，浪花拍打礁石的声响，盘旋飞翔的海鸟，使人们的脚步停驻在这片开阔的地方。他们在海边定居，尽情享受大自然的馈赠。如今，在延绵的海岸线上，矗立着数不清的大小城市。这些城市如镶嵌在海岸的明珠，装点着蓝色海洋的周边。生活在海边的人们，更在世世代代的繁衍中，产生了对海洋的敬畏和崇拜。从古至今的墨客在此也留下了他们被激发的灵感，在他们的笔下，有美人鱼的美丽传说，有饱含智慧的渔夫形象，有"洪波涌起"的磅礴气魄……这些信仰、神话、诗词、童话成为人类精神文明的重要载体之一。

　　为了能在海洋里走得更深、更远，人们不断地更新航海、潜水技术，从近海到远海，从赤道到南北两极，从海洋表面到深不可测的海底，都布满了科学家和海洋爱好者的足印。在海底之旅的探寻中，人们还发现了另一个多姿的神秘世界。那里和陆地一样，有一望无际的平原，有高耸挺拔的海山，有绵延万里的海岭，有深邃壮观的海沟。正如陆地上生活着人类一样，那里也生活着数百万种美丽的海洋生物，有可以与一辆火车头的力量相匹敌的蓝色巨鲸，有聪明灵活的海狮，有古老顽强的海龟，还有四季盛开的海菊花……它们在海里游弋，有的放出炫目的光彩，有的发出奇怪的声音。为了生存，它们运用自己的本能与智慧在海洋中上演着一幕幕生活剧。

除了对海洋的探索，人类还致力于对海洋的利用与开发。人们利用海洋创造出更多的活动空间，将太平洋西岸的物质顺利地运输到太平洋东岸。随着人类科技的发展，海洋深处各种能源与矿物也被利用起来以促进经济和社会的发展。这些物质的开发与利用也使得海洋深入到我们的日常生活中，不论是装饰品、药物、天然气，还是其他生活用品，我们总能在周围找到有关海洋的点滴。

然而，海洋在和人类的相处中，也并不完全是被动的，它也有着自己的脾气和性格。不管人们对海洋的感情如何，海洋地震、海洋火山、海啸、风暴潮等这些对人类造成极大破坏力的海洋运动仍然会时不时地发生。因此，人们在不断的经验积累和智慧运用中，正逐步走向与海洋更为和谐的关系中，而海洋中更多神秘而未知的部分，也正等待着人类去探索。

如果你是一个资深的海洋爱好者，那么这套书一定能让你对海洋有更多更深的了解。如果你还不了解海洋，那么，从拿起这套书开始，你将会慢慢爱上这个神秘而辽阔的未知世界。如果你是一个在此之前从未接触过海洋的读者，这套书一定会让你从现在开始逐步成长为一名海洋通。

目录

精
卫
填
海

在远古的时候，太阳神炎帝有一个小女儿，名叫女娃。有一天，女娃独自驾着小船到东海去游玩，谁知海上骤起风浪，汹涌的大浪一下子把小船打翻，女娃就淹死在海里了。炎帝得知后悲痛不已，但也没有回天之力，只有独自悲伤罢了。

女娃死后，幻化成一只小鸟，这只鸟长着花脑袋、白嘴壳、红脚爪，大小和乌鸦差不多，名叫"精卫"，住在北方的发鸠山。

▲东海风光

精卫恨无情的大海吞噬了她年轻的生命，每天飞到西山去衔一粒小石子，或是一段小树枝，然后飞到东海，在波涛汹涌的海面上盘旋着，把石子或树枝投下去，想要把大海填平。

大海奔腾着，咆哮着，嘲笑着："小鸟儿，算了吧，就凭你？过一百万年，也休想把我填平！"

精卫在高空鸣叫着："不管到什么时候，哪怕等到天荒地老，我也要把你填平！"

大海咆哮："你为什么这么恨我呢？"

精卫说："因为你夺去了我年轻的生命！"

大海哈哈大笑："真是个执迷不悟的傻鸟儿，那么你就填吧。"

精卫在高空悲啸着："我要填平你！总有一天我会把你填成平地！"

她又飞回西山去，用嘴衔来石子与树枝投向大海，并发出"精卫，精卫"的叫声，像是在激励自己，月月年年，永不停歇。

▼精卫填海雕塑

传说托塔李天王在陈塘关做总兵时，夫人生了两个儿子：大儿子取名金吒，二儿子取名木吒。夫人后来又怀了一胎，但过了三年零六个月，孩子仍然没有生下来。

一天，李靖对夫人说："夫人哪，你已经怀孕三年多了，仍旧没有生下这个孩子，依我看，他不是妖就是怪。"夫人为此也十分焦虑，说道："我也觉得这不是什么吉兆，难以安然入睡。"李靖听妻子这么说，心里也很不舒服。

结果就在这天晚上，大概三更天的时候，夫人睡得正香，梦中看见一个道人，头上挽着双髻，身穿一身道服，直接走进了香房。没过多一会儿，夫人就感觉腹痛万分，生下了一个肉球。李靖认为这是不祥之物，提剑劈开，没想到肉球裂开，却跳出一个小男孩儿！他面色晶莹剔透，皮肤红润，右手套着一只金镯子，肚子上围着一块红绫，顿时把整间屋子映得红光满地。

李靖十分诧异，上前一把将孩子抱起来，细细观看，分明是个好孩子。这时，李靖又不忍心把他当作妖怪，取了他的性命，于是递给夫人。夫妇二人抱着这个小生命喜欢得不得了。

到了第二天，许多朝中官员纷纷前来道喜。李靖刚刚送走道喜的官员，门童就又来报信，说有一个道

哪吒闹海

士求见。李靖出身道门，一点不敢怠慢，急忙将道士请了进来。而这个道士就是太乙真人。

太乙真人问李靖新生儿是否已经有了名字，李靖说还没来得及取名字，于是，太乙真人就为这个孩子取名——哪吒。

时光荏苒，暑往寒来，不知不觉中哪吒已经七岁了。李靖在闲暇时还陪小儿子习武练剑，全家和睦，其乐融融。一天忽然接到通知，有诸侯谋反。李靖急忙传出号令，命令士兵把守住关卡，于是他带领操练好的军队急速赶往战地。恰巧时逢五月，天气炎热，李靖因东伯侯姜文焕谋反，在游魂关与窦荣大战，因此每日操练三军，教练士卒，一直未能归家。

这天，夫人有事在身，要出去一会儿，小哪吒闷热难耐，心中很烦躁，就对母亲说："我想到外面玩一会儿，家里实在太热了。"

夫人爱子心切，就说："那你就带一个家仆出去玩一会儿吧，不要贪玩，别忘了回家的时间，你爹爹带军操练就要回来了。"

哪吒轻声应道："娘，我知道了，我一定会按时回家的。"

走到外面，哪吒才真正感受到五月份的炎热。太阳就像一个大火球一样炙烤着大地，娇嫩的柳枝仿佛都要化成灰烬，街上的行人非常少，就连池塘边也没有一丝风动，让人觉得闷得慌。

哪吒和家仆走累了，猛然间看见柳树林的尽头有一条清波粼粼的河，于是就纵身跳进河水中，想要洗掉一身的热汗。

哪吒脱了衣服，坐在一块石头上，他把混天绫放在水里，蘸水洗澡。哪吒哪里知道这条河就是九湾河——东海的入海口。他把混天绫刚一放入水中，河水就被映得通红，再在水中摆一摆混天绫，整条河都随着混天绫的摆动而晃动，再摇晃一下混天绫，整个天地都随之摇摆。哪吒高兴地洗着，殊不知，东海老龙王的水晶宫已经被震得摇摇欲坠了。

东海龙王敖广此刻正坐在水晶宫中，听见宫殿被震得稀里哗啦直响，急忙召唤随身侍从，问道："又没有发生地震，为什么我们的宫殿如此震动呢？"巡海夜叉李艮，急忙跳出海面巡察，只见一个小孩子拿一条红色的锦带在洗澡。夜叉大声喊道："你是什么妖怪，用你的妖物弄得河水通红，龙宫摇动？"哪吒回头一看，只见水底钻出一个怪物，面色靛青，头发猩红，长着巨大的嘴巴，露出满口獠牙，手里还拿着一把大斧头。哪吒不慌不忙地回答道："你又是

▲哪吒的剪纸形象

哪个畜生，是个什么东西，也会说话？"夜叉大怒，提着斧头冲着哪吒狠狠地劈来。哪吒连忙躲开夜叉的斧头，把手中的乾坤圈往空中一扔，正落在夜叉的头上，夜叉哪里经得起乾坤圈的一击，打得夜叉脑浆喷涌而出，死在了岸边上。于是哪吒又坐在了石头上继续洗澡。

敖广想，这夜叉去了这么久还没有回来，恐怕凶多吉少了。正在这个时候，一个龙兵前来报信："夜叉李艮被一个毛孩子打死了！"敖广大怒，立即点兵出阵。恰巧此时三太子敖丙前来给老龙王请安，便请愿出

5

▲ 哪吒闹海塑像

征。敖丙带着虾兵蟹将跃出水面，讨伐哪吒。三太子分开水面，浪花如山倒一般，波涛汹涌，水面平地涨了十多尺（1尺≈0.33米）。哪吒看着水，大呼："好大的水，好大的水呀！"

只见水中出现一个神兽，神兽上坐着一个人，那个人大叫着："是谁打死了我的巡海夜叉李艮？"哪吒答道："是我。"敖丙见是一个毛孩子，便问道："你是谁？"哪吒说："我是陈塘关李靖的三儿子，哪吒。我来这里避暑洗澡，又没有惹到他，他却来骂我，我就算打死了他，不也在情理之中吗？"三太子敖丙大怒，说："好你个泼孩子，夜叉是天兵天将，你

竟然将他打死，还在这里口出狂言！"太子抽出画戟刺向哪吒，想要夺取哪吒的性命。哪吒手无寸铁，把头一低，躲了过去，"你是什么人，报上你的姓名来，这样才算公平。"敖丙说："我就是东海龙宫的三太子——敖丙。"哪吒笑着说："原来你就是东海龙王敖广的儿子，你也太妄自尊大了，如果惹恼了我，把你那老泥鳅的爹爹一起拿来，把你俩的皮一起剥了。"说罢，两个人就在空中纠战在一起。

　　哪吒的宝物实在厉害，不出几招，就打得敖丙现出了原形，哪吒索性抽掉了龙太子的龙筋。见时候不早，便带着家仆一起回到家中，家仆已经吓得双腿发软，连走路都不自在了。

　　话说李靖带兵刚操练完回到家中，衣带还未来得及宽解，只见老龙王怒气冲冲地来到了李靖的府上。李靖见敖广一脸怒色，刚想要问其原因，只见敖广说："我的好弟弟呀，你生了一个好儿子！"李靖笑着答道："我们多年未见，今日怎么说出这样一番话？我的三个儿子都很乖巧懂事，我想大概你是误会了。"敖广说："如果是我误会就好了，你的儿子在九湾河洗澡，不知用了什么法术，将我水晶宫几乎震倒。我派夜叉到河口看看，他就把夜叉打死。我的三儿子又去看看，他又将我三太子打死，还把他的筋都抽了出来……"李靖忙赔笑答道："一定不是我家的孩子，我的大儿子在九龙山学艺，二儿子在九宫山学艺，小儿子才七岁，整天待在家里，大门不出的，怎么可能做出这样的事呢？"

　　敖广咄咄逼人，李靖只得叫出哪吒与之当堂对证。哪吒一脸无辜地说："我今天闲着没事儿，就去了九湾河玩耍，因为太热了，就下水洗了个澡。谁知道出来一个夜叉，我又没有惹他，他百般骂我，还拿斧来劈我，所以我就把乾坤圈扔向了他，结果就打死他了。不知又有个什么三太子叫做敖丙，拿画戟刺我。我用混天绫裹他上岸，也是用乾坤圈打了一下，竟然打出一条龙来。我想龙筋最贵气，所以就抽了他的龙筋，给爹爹做腰带。不知得罪了伯伯，龙筋在此，还请伯伯原谅我年幼无知。"

　　敖广怎么肯这么轻易地就放过哪吒，他扬言一定要到玉帝面前告状。急得夫人掉下了眼泪。哪吒镇定自若，对李靖和夫人说："爹爹、娘亲，你们放心，我惹的祸，我一个人承担，我这就去找我的师父太乙真人。"

哪吒来到乾元山金光洞，将事情的经过和师父说了一遍，太乙真人说："虽然是你无知误伤了敖丙，但这是命中注定的，这等小事惊动天庭，实在不应该。"于是，太乙真人在哪吒胸前画了一道符，并嘱咐哪吒："你到宝德门前……事完后，你回到陈塘关对你父母说，如果有意外，还有师父，决不会连累他们的。"

哪吒来到了宝德门，只见敖广穿着朝服急匆匆地径直奔向南天门。当然，敖广是看不见哪吒的，太乙真人在他胸前画的符是"隐身符"。哪吒见敖广，心中大怒，提起乾坤圈对着敖广的后心一击，打得敖广一个饿虎扑食。哪吒快步上前，把敖广踩在脚下，将老龙王带回了陈塘关。

老龙王不忍其辱，召集了四海龙王一起来到陈塘关，打算水淹陈塘关，让关内所有百姓一起为自己的儿子殉葬。哪吒虽然小小年纪，却是侠义心肠，他不忍百姓遇害、父母受累，于是当着四海龙王的面坦然自刎而死。哪吒死后魂魄飘飘荡荡直往太乙真人洞穴而来。太乙真人施法，让哪吒以莲花重生，从此拥有三头六臂，又送了他风火轮和火尖枪。哪吒转世以后，神力无边，一举打败老龙王，为百姓除了害。

很久以前，玉皇大帝派敖广治理东海，派妙庄王治理东京。那时的东海只有现在的一半大，靠西的大片水域都是东京的辖地。不知过了几世几代，东海龙王敖广的龙子龙孙、虾兵蟹将已多得不计其数，偌大的东海显得十分拥挤。敖广早想扩展地盘，无奈北有北海，南有南海，都有玉皇大帝立的界碑，界碑上还刻着玉玺印，分毫挪动不得。唯有东海与东京的壤界，因海陆分明，玉帝没有立碑。东海龙王偶掀风浪，东京就会有千百亩土地塌陷，顷刻间变成沧海，那妙庄王也不理论。只是敖广怕妙庄王去向玉帝告发，所以不敢多骚扰东京地界。

一日，龙王巡查西界，在镇西将军七须龙处饮灵芝仙酒。两人推杯换盏，说东道西，不知不觉中凑出一个吞并东京的计策来。

此后，东海龙王一反常态，与妙庄王亲近起来，不时派人送些奇珍异宝、琼浆玉液到东京，还将第六个女儿送给妙庄王做妃子。妙庄王迷恋龙女的姿色，渐渐不理朝政。多年以后，东京辖内盗贼横行，怨声载道。东海龙王得知东京衰败的消息，好不欢喜，暗中上奏天庭，恳请玉帝下旨塌掉东京，澄清玉宇。

玉帝当即准奏，正要派大臣去东京行事，却被上八洞神仙吕洞宾挡住了。吕洞宾奏道："玉帝将东京全部陷为东海，岂不冤屈了个中善者？"

右侧竖排标题：东海龙王塌东京

敖广插言道："目前东京治下，哪有什么善者好人？"

吕洞宾朗声说："龙王终年居住水晶宫，从未涉足陆地，不知凭什么断定东京没有好人？"

敖广一时语塞。吕洞宾又对玉帝道："容臣即刻下凡，去东京查看到底有无善人。"

玉帝准奏，钦点吕洞宾为检察大臣，三年后来天庭复命。

吕洞宾变成老者模样，悄悄来到东京，在一僻静处变化出几间茅屋，屋里有几口大油缸，门口挂了块招牌，上写"勿过秤油店"。门上贴了副对联，上联为："铜钱不过三"，下联为："香油可超万"；横批为："心安理得"。

▼葫芦

这油店好生奇怪，来买油的人，一概收三个铜钱，随便你去舀多少油。这般好事谁见过？东京人把这当作奇闻，一传十，十传百，大家都到勿过秤油店来买油。有的抱大瓶，有的捧瓦罐，有的甚至挑来水桶！吕洞宾只管收三个铜钱，其他一概不问。原来，他的油缸是通长江的，只要长江水不干，油缸也不会见底。

一天傍晚，吕洞宾正要打烊，却见一位少女提着一瓶油进店来。吕洞宾很好奇："小姑娘，你不拿空瓶来舀油，为啥却拿一满瓶油？"

少女红着小脸："老伯，刚才我用三个铜钱换了一满瓶油，心里好高兴啊！可是拿回家中，母亲说我太贪心了！说三个铜钱只能买半瓶，叫我退还您半瓶。"

吕洞宾道："你就在路上随便把油倒掉一半算了，何必再到这儿来？"

"母亲说我太贪心，我自己想想也脸红，我们都这样买油，您老要蚀本的呀！"少女说着，"嘟嘟嘟"倒出半瓶油。

吕洞宾心头一阵发热，想着："自己开店将近三年，不久就要向玉皇大帝复命了，这样好心肠的人还是头一遭遇见。"他问了少女姓名，知道她叫葛虹，父亲捕鱼时死在海上，家中只有母女俩相依为命。于是，他从墙上摘下一个葫芦瓢交给葛虹，说："小姑娘，这个葫芦瓢送给你，你将它放在门前，用草席盖起来。以后，你每天去城门看石狮子，倘若石狮子头上出血了，灾祸就要来了，你就去找葫芦瓢，它会告诉你怎么办的。"

葛虹回到家里，把卖油老人的话对母亲说了。葛母将信将疑，但第二天一早，她还是叫女儿到城门口去看石狮子。

再说敖广回东海以后，立即派七须龙到东京监视吕洞宾。七须龙想扮个手艺人，但三百六十行，行行不称心。一天，他看到几个壮汉在杀猪，觉得这个行当正合自己的脾性，从此就在东京做起屠夫来。

一天清早，七须龙见一个少女急匆匆来到城门口，仔细看着石狮子的头，转身又往回走，他心里顿生疑窦。第二天，七须龙又见少女如昨日一般来去，越发感到奇怪。于是，他天天跟踪葛虹，到第七天早晨，再也忍不住了，就悄悄走到葛虹面前，和颜悦色地问道："小姑娘，我看你天天到城门口看石狮子，这是为什么呀？"

葛虹生性善良，从不知怀疑别人，见人问就实话相告："卖油老伯伯告诉我，石狮子头上出血了，灾祸就要来了。"

吕洞宾为啥要葛虹每天去看石狮子是否在流血呢？原来，这对石狮子是玉帝派来的镇城之物。有这对石狮子在，即使四海龙王一齐兴风作浪，东京城也不会塌掉。玉帝若准旨要塌东京，必先召回这对石狮子。而要让这对石狮子离开城门，必得让石狮子闻到血腥味。此是天机，就是东海龙王和妙庄王也不知此中奥妙。只因吕洞宾修炼功夫精深，才能得此玄机。

那七须龙听了葛虹的话，暗暗高兴。自己来东京多日，一直猜不透吕洞宾的心思，今日正好捉弄他一番。当天夜里，七须龙杀了一头猪，盛了一碗热腾腾的猪血，泼在两只石狮子的头上。

天蒙蒙亮的时候，葛虹又来到城门口，一看石狮子满头是血，还冒着热气，顿时惊恐万状，再一看，那对石狮子竟然活动起来，呼啸一声直冲长空而去。葛虹慌忙往回走，但听背后轰隆一声，城门早已倒塌。葛虹惦记着母亲，急急忙忙往家里跑。谁知她一路跑，背后的地方一路塌，待她跑到家中，周围已是波涛汹涌了。葛虹见到母亲，正不知所措，猛想起卖油老人给她的葫芦瓢。说也奇怪，她一揭开草席，那葫芦瓢就渐渐变大，成了一只小船。葛虹连忙扶母亲上船，自己又拿了些日常家什，母女俩在船里，颠簸在汪洋大海之中。

那小船漂呀漂，不知漂了多久，忽听得一棵千年古樟上有人喊救命。葛虹用手作桨，向大樟树划去。只见树枝上坐着卖油老人，葛虹连忙喊道："老伯伯，快到我的小船上来！"

卖油老人说："这条船太小了，哪里还容得下我？"

葛虹道："老伯伯，你放心到船上来，我自有办法。"

她把小船划到樟树下，双手攀住树枝，让老人在船上坐好，然后用脚一蹬，小船荡了开去，自己却落在水里，左手攀着船舷，右手划着水。

原来，吕洞宾是有意再试试葛虹的为人，见她如此见义勇为，心里暗暗喜欢。当下施展法术，将葛虹救到船上，此时，潮水越涨越高，小船竟一直驶到高山顶。三人上岸后，吕洞宾对葛虹说："快把家什杂物放到地上，地方占得越多越好！"葛虹按照吩咐，在地上支起锅灶，放了锅碗瓢盆，又铺开席子想让老人和母亲歇一会儿，回头一看，却不见了老人的踪影。

风浪越来越大了，四周都成了汪洋大海，唯有葛虹母女的坐处和放家什的

▲东海龙王敖广塑像

13

地方安然无恙。后来，那只葫芦船变成了舟山岛，葛虹母女歇着的地方成了岱山岛，放包袱的地方成了衢山岛，放家什的地方成了许许多多岛山。

塌东京的波浪平息后，敖广的子子孙孙逐渐占领了舟山海域的各个湾、角、坑、潭、洞，大龙小龙，雄龙雌龙，青龙白龙，善龙恶龙，编演出千百个东海龙的故事。

妙庄王失去东京，请人去天庭求情。玉帝念他是多年老臣，

▲石狮子

就涨了块崇明岛让他去治理，并答应两千年后，再让他去东京为王，因而流传下这样的歌谣：塌东京，涨崇明，要还东京地，再过两千年。

三戏海龙王

▲雷公塑像

很早以前，东海边上有个岛，岛上有个村庄叫鲁家村。村里住着十几户姓鲁的庄稼人。他们种着一些依山傍海的碗头地，在海里捉些沙蟹鱼虾勉强度日。岛上天旱少雨，人们只好杀猪宰羊，到村外的龙王庙去求雨。倘若龙王高兴，布施一点雨水，种田人方能得到一点好收成。这样年年供猪献羊，人们苦不堪

15

言。这一年又遇大旱，人们生活不下去，便陆续离乡背井，外出谋生，最后只剩下鲁大一家。

鲁大夫妇有两个儿子。妻子说：

"鲁大呀！山上的草根也焦了，树皮也软了，我们还是逃命去吧！"

"不！我想想办法。"鲁大说："马上要开春下种了，季节不能错过。"

第二天，鲁大来到龙王庙。只见庙堂坍了一个屋角，端坐在上的海龙王，头面身腰布满蜘蛛网，供桌也破了，当中有一个像头一般大的洞。鲁大走到龙王像跟前，作了个揖说："龙王呀！只怪你不通人情，弄得如今门庭冷落，香火全无，连个扫地掸灰的人也没有。要是你能下一场大雨，

▼龙王庙

让我今年秋天丰收，我许你一场大戏。你不稀罕人家用全猪全羊供你，我就供你一个活人头，你看好不好？如果你同意，我们一言为定，今朝就降雨。"

说完，鲁大就回家准备农具去了。

龙王庙内，这天当值的是蟹精。他听了鲁大的一番话不敢延迟，忙回水晶宫向龙王禀告。龙王捋着龙须沉吟起来：猪羊鸡鸭，山珍海味，我样样都吃过，这新鲜的活人头，倒值得一尝。况且这几年我庙宇不整，香火不继，应该趁此机会兴旺起来。于是他招来风婆、雷公，带了虾兵蟹将到鲁家村来布雨。

再说鲁大回到家中整理农具。将近中午，一声惊雷，大雨瓢泼而来，雨势好似东海潮涨万顷浪，天河决口水倾泻。

雨过天晴，鲁大忙着耕耘播种。龙王为了能尝到人头，也暗中帮忙，叫虾兵蟹将在鲁大的田中施肥除虫。禾苗日蹿夜长，到了收获季节，稻谷一片金黄，如碎金铺满地。鲁大则忙着收割，整场翻晒。龙王稳稳地等着人头上供。

直到大年三十，鲁大才拿了一把扫帚来到龙王庙。龙王见他空手而来，心里正在疑惑，只见鲁大作揖道：

"龙王呀！我们有约在先，我许你一场大戏，一个活人头。今天我都带来了，请先看戏，再吃人头。"

说罢，他便手执扫帚，在庙内手舞足蹈，前翻后滚地着实戏闹了一番，弄得庙内尘土飞扬。龙王正想发怒，转而一想：算了，可能他请不到戏班子，胡乱代替。还是等着尝人头吧！

鲁大舞毕，便丢开扫帚，笑嘻嘻来到供桌前面说到：

"现在请龙王吃人头！"

说着，他便钻到供桌下面，把头从供桌的破洞里伸进来。龙王见供桌上突然冒出一颗人头，好不惊奇，想吃，又不知如何下手。四面一看，连把刀子也不见，想想只有用手抓，于是就伸出一双枯瘦如柴、指甲三寸长的龙爪，向鲁大的头抓去。鲁大一见，忙把头一缩，笑眯眯地从桌底下钻了出来，说道："龙王啊：你戏也看了，人头也尝了。我呢，愿也还了。我们互不亏欠，望你来年再多关照。"说完，鲁大拿起扫帚，扬长而去。龙王气得龙眼圆睁，龙须倒竖："好你个穷小子，胆敢捉弄本大王，还想要我来年照顾呢？我要你颗粒无收，方解我心头之恨。"于是他吩咐蟹精："到来年，鲁大的田里只准其长根，不使其结果。"

第二年，鲁大刚巧种了番薯，多亏蟹精尽力，番薯长得似大腿。龙王闻听鲁大又获丰收，便叫蟹精下次只准肥叶，不使其壮根开花。可巧鲁大这次种了大白菜，那蟹精又把大白菜养得像小谷箩一般。

龙王的两次报复都未得逞，反被鲁大得了许多好处，气得暴跳如雷。旁边的龟丞相禀道："大王要报仇不难，只要派一个小卒前去把鲁大捉来，岂不省事。"龙王一听，拍案叫好，忙把蟹将叫来如此这般吩咐一番，打发他启程。

再说鲁家村，这一年已是另一番景象。外出的乡亲们都已陆续回乡。鲁大家里虽不富裕，却也粗茶淡饭，过得下去。这蟹精来到鲁大门前时，鲁大夫妇正在厨房里商量家务。只听见鲁大说："叫阿大提蟹去，煮熟后好当菜吃。"鲁大的意思是让大儿子下海去捉沙蟹，蟹精听了却大吃一惊："不好！我还未进门，他们都已得知，作了准备。"吓得他连滚带爬，逃回水晶宫，把经过添油加醋地向龙王禀告一番，说鲁大是个神人，未卜先知，早有准备，要不是自己逃得快，恐怕早已没命了。

龙王闻言，将信将疑。龟丞相在旁说："大王不必烦恼，下官陪同大王亲自前去，便知分晓。"

傍晚，龙王与龟丞相出了海面，将身子隐去，来到鲁家村。龟丞相道："大王，我从前门进去，你从后门而入，这样鲁大就插翅难逃了。"

这时，鲁大刚耕田回来，把从田沟里捉到的一只乌龟扔给门前玩耍的孩子，自己进屋准备吃晚饭。正在这时，一位邻居在门外高叫着："鲁大叔，你家门口的大黄（牛）跑了！"

原来是拴在后门口的大黄牛挣断牛绳跑了。鲁大一听，连忙朝门口叫道："阿大，把乌龟交给阿小，快拿根绳来，跟我出后门抓'大黄'去。"

前面乌龟丞相一听，鲁大要把自己交给阿小来管，还要到后门去捉大王，暗想还是溜之大吉吧。后门的龙王一听，前门的乌龟已被捉住交给阿小，鲁大和阿大拿着绳子来后门捉拿自己，吓得顾不上龟丞相的死活，自己逃回龙宫去了。

龙王和龟丞相在海边相遇，两人相互埋怨，又各自暗中庆幸。

从此，龙王再也不敢与鲁大为难了，鲁家村的收成也一年比一年好起来。

龙王失印服渔翁

▲海鸥

　　很久以前，沈家门还是个荒凉的茅草冈，只住着一家姓沈的老渔翁，他带着妻子儿女，每天靠出海捕鱼勉强维持生计。

　　一天，老渔翁摇着小船出海去，撒了一网又一网，网网都是空的。眼看天色渐渐黑了，风浪又大，再不回去便有危险。但想想家里老小还在挨饿，老渔翁又迟疑了。正在他为难的时候，抬头望见不远处的海面上有群海鸥在盘旋翻飞。凭着多年捕鱼的经验，有海鸥出没的地方准有鱼群。

　　老渔翁连忙驶船过去，撒了一网，谁知又是空的。老渔翁沮丧万分，不由得皱起眉头。正想收拾网具回家，突然发现网袋里有件东西闪闪发光，掏出来一看，原来是个雕刻精致的玉石印章，印面刻着些弯弯曲曲的字，不知是什么意思。一条金龙盘绕在印章周围，光彩夺目，龙头从印章上端伸出来，嘴里含着一粒雪亮的珠子。说也奇怪,那大海经珠光一照,霎时风也息了,浪也平了,船驶在海里平平稳稳。"啊!这印章还是件宝贝哩!"老渔翁把印章揣进怀里,兴冲冲地回了家。

第二天一早,老渔翁在茅草冈顶上搭了一座棚屋,把印章挂在棚里,茅草冈周围的海面顿时风平浪静。渔民们发现这是块好地方,纷纷来此安家落户,茅草冈从此有了生气。

原来,这颗玉石印章是玉皇大帝赐给东海龙王敖广的镇海印章,那龙口里含着的是一颗定风珠。那天,青龙三太子私带宝印出宫游玩,不小心丢失了,恰巧被老渔翁捞到。龙王不见了宝印,又惊又怕,担心被玉帝得知,丢了王位不算,还要下狱治罪。他急得坐卧不安,茶饭不思,一边赶紧派遣虾兵蟹将四处找寻,一边喝令卫士把惹祸的青龙太子捆绑起来,责打一顿,听候处置。

且说龙王手下的那些虾兵蟹将,东寻西找,把东海的每个角落都找遍了,却一直不见宝印的踪影。有个特别细心的蟹将军,它在大海里转来转去,忽然发现茅草冈周围的海面有点异样。探头一看,只见茅草冈上有一颗金光四射的宝印,急忙回宫禀报。

龙王闻报,立即点召三军,带了青龙三太子,亲自前去取印。水军踩波踏浪向茅草冈涌来,霎时间天昏地暗,恶浪滚滚,潮水哗哗地一个劲儿猛涨。

老渔翁一看形势不对,邀集众乡亲攀上冈顶,把挂着宝印的草棚团团围住。仗着镇海宝印的神威,潮水才没有淹上冈顶。龙王见此计不成,大为震怒,跳出海面来喝道:"何方刁民,胆敢取我龙宫宝物,还不快快献上来!"

老渔翁朗声答道："东海龙王！你平时兴风作浪，毁我渔船，伤我乡亲，不让大家过安定日子。今日宝印落在我们手里，岂能轻易还你？"

龙王听了，气得胡须都翘起来："好哇！你不还印，我叫你们一个个都葬身大海！"

说罢，他大口一张，直朝冈上喷水。老渔翁不慌不忙，把宝印拿在手里，高高举起，大声道："你再不讲理，我把宝印砸啦！"

这一下把敖广吓住了，连连摆手道："莫砸！莫砸！怪我一时鲁莽，老丈你不要见怪。只要你还我宝印，水晶宫里的珍宝任由你挑选。"

老渔翁冷笑一声道："我们捕鱼人，不稀罕你的龙宫珍宝！"

龙王说："那……那你要什么？"

老渔翁道："还你宝印不难，只要你答应我三件事情。"

事到如今，龙王无可奈何，只得说道："好，你说吧。"

老渔翁扳着手指，一五一十地说："第一件，从今以后不准兴风作浪，祸害渔家。第二件，潮涨潮落须有定时，不能反复无常。第三件，每日献出万担海鲜给我们渔家。"

"这个……"每日献万担海鲜，龙王实在心痛，但为了取印，他只得点头道："好，都答应你。"

龟丞相立即拟就圣旨一道，当众宣布从今以后每天在乌沙门和洋鞍海面送海鲜万担给渔家；每日早晚两潮，每月初二、十六起大潮，但潮水不得涨过老渔翁家的门槛。

龙王宣旨毕，即令龟丞相上前取印。老渔翁用手一挡，问道："既然如此，有何为凭？"

龙王冷笑道："我堂堂东海龙王，言出如山，还会失信于你吗？你真是小看我了！"

老渔翁想了想说："我看就以定风珠为凭吧！"说罢，从龙嘴里取出定风珠，把印章交还给龟丞相。

龙王取印心切，只得忍痛割爱，于是就恶狠狠地瞪了青龙三太子

▲印章

一眼。这一瞪不要紧，可把青龙三太子吓坏了。他心惊肉跳，只怕以后的日子难过，便倏地窜上天去，吼叫一声，招来他的结拜兄弟白虎。青龙和白虎张牙舞爪地扑向老渔翁，想要夺回定风珠。

老渔翁见他们来势凶猛，急忙拿出定风珠，狠狠地朝青龙和白虎打去。只听得"扑通"一声，那青龙被定风珠打落在茅草冈东边，化作一座小山，成了如今的青龙山；那白虎被打落在茅草冈西边，也化作一座小山，就是今天的白虎山。那颗定风珠掉落在南边海中，变作一座小岛，就是现在的鲁家峙。

从此，茅草冈左有青龙，右有白虎，前面又有鲁家峙作屏障，成了天然的渔港。乌沙门和洋鞍渔场四季鱼汛不绝，渔港变得愈来愈兴旺。为了纪念这位姓沈的老渔翁，渔民们就把这地方叫做"沈家门"。

23

煮海治龙王

传说舟山西南面的一个小岛上，遍地埋着黄灿灿的金子，人们称它为"金藏岛"。后来，这满岛藏金子的消息被贪得无厌的东海龙王知道了。他为了独吞这块宝地，竟调遣龙子龙孙、虾兵蟹将，涨潮的涨潮，鼓浪的鼓浪，直向金藏岛扑来。眨眼间，恶浪滔天，狂风大作，金藏岛上树倒屋坍，人们呼爹喊娘，一片凄惨景象。

金藏岛东边有座纺花山，山上住着一位纺花仙女，她目睹东海龙王无端作恶，残害百姓，心中愤愤不平。于是她手拿神帚，朝海面轻轻一拂，漫上山来的滚滚潮水、滔滔巨浪，就"哗"的一声向后倒退了。金藏岛上幸存的男女老少纷纷逃往纺花山避难。

纺花仙女摇身一变，化作一位白发苍苍的百岁阿婆，拄着拐杖对大家说："龙王水淹金藏，黎民百姓遭殃。若要保住金藏，随我把花来纺。纺花织成渔网，下海斗败龙王！"

大家听了百岁阿婆的话，不论男女老少，都来纺花织网，整整忙了七七四十九天，织出了一张九九八十一斤（1斤=0.5千克）重的金线渔网。

渔网织成了，派谁下海去斗龙王呢？人群中跳出一个人，拍着胸脯说："我去！"

乡亲们一看是海生，不禁心里凉了半截。海生是个七八岁的小孩子，稚气未脱，还穿着开裆裤，怎能下海斗龙王？纺花仙女却乐呵呵地说："下海斗龙王，贵在有胆量，就让海生去吧！"

接着，她拿出一套金线衣给海生穿上，又向海生传授了斗龙王的秘诀。

海生穿上金线衣，顿觉全身一阵酥痒，他遵照纺花仙女的嘱咐，说了声："大！"浑身上下的肌肉立刻一块块鼓了起来，越来越大，

▲金线渔网

海生一下子变成了一个力大无穷、顶天立地的巨人。众乡亲一个个看得目瞪口呆。这时，海生毫不费力地拿起那张九九八十一斤重的金线渔网，辞别纺花仙女和众乡亲，迈开大步，奔下纺花山，"扑通"一声跳进了汪洋大海。

说也奇怪，海生游到哪里，哪里的海水就为他让路。原来，海生穿的金线衣是纺花仙女特地为他编织的避水宝衣。

不一会儿工夫，海生来到海中，取出金线渔网往下一抛，说声："大！"那网便铺天盖地地撒向大海。万万想不到，第一网就擒住了东海龙王的护宝将军狗鳗精。海生听纺花仙女说过，只要擒住狗鳗精，就可得

到煮海锅；有了煮海锅，就能保全金藏岛。他开心极了，命令狗鳗精快快交出煮海锅来。

金线渔网越缩越小，被罩在网中的狗鳗精痛得死去活来，为了活命，只得乖乖地带着海生到东海龙宫的百宝殿去拿煮海锅。

百宝殿金光万道，殿内九缸十八排，缸缸盛满了奇珍异宝。海生什么都不看，单单拿起一只黑糊糊的煮海锅，就急匆匆回纺花山来了。

按照纺花仙女的指点，海生和大家一起在海边支起煮海锅，舀来一勺东海水，烧旺一堆干柴火，咕嘟咕嘟地煮起来。煮啊，煮啊，一炷香过去了，煮得海水冒热气；两炷香过去了，煮得海水起白泡；三炷香过去了，煮得东海龙王老老实实浮出水面，后面跟着一帮气喘吁吁的龙子龙孙、虾兵蟹将，直喊饶命。

"退潮息浪，还我金藏。否则，我就煮烂你这个海龙王！"

东海龙王连连作揖，急忙下令潮退三尺（1尺≈0.33米），浪息三丈（1丈≈3.33米）。金藏岛终于又露出水面重见天日。

谁知，等海生端开锅，熄了火，海龙王又突然涨潮鼓浪，一个浪头将煮海锅卷得无影无踪了。

"怎么办？"海生急得直跺脚。这一脚非同小可，直跺得地动山摇！所有埋藏在地下的金子都被海生跺了出来，纷纷飞向海岸，落在滩头。眨眼之间，筑成了一道金光闪闪的大海塘，任凭潮涌浪翻，金塘巍然屹立，纹丝不动。

自此以后，海龙王再也不敢来兴风作浪，黎民百姓也可安享太平，而"藏金岛"也被人们改称为"金塘岛"了。

南海龙王的故事

在很久以前，南海还没有王。玉帝让南极仙翁帮他选一个南海王。于是南极仙翁先贴了个告示，谁要是想当南海王就来报名。报名的条件是神通广大，熟水性，必须是神灵之物。告示贴出去以后，不一会儿就来了一条龙，一条娃娃鱼，一条水蛇，还有一只蛤蟆、一只虾和一只蟹。南极仙翁让它们参加测试，看看谁最适合做南海王。

南极仙翁让龙到水里找一只黑鞋子，限时回来；让娃娃鱼找到一个落水的真正的娃娃；让水蛇叼回一个彩色的蛋；让蛤蟆当场吞掉一个房子；让虾在一分钟之内招来七百只虾；让蟹一分钟之内招来七百只蟹。

它们分头行动了。

龙钻进水里，靠着它的感应能力，知道鞋就在它

▲娃娃鱼

27

▲南海风光

的下方。用了不到一分钟，它就把鞋驮了上去，顺利通过了第一次测试。

娃娃鱼到了水里，用它的顺风耳听到了娃娃的哭声，就把娃娃驮了上去。谁知上来一看，它驮的原来是一条小娃娃鱼。于是它被淘汰了。

水蛇到了水下，用它的千里眼发现了彩蛋，把彩蛋叼了起来，可半路上一不小心把彩蛋吞进了肚子。上来以后，它对南极仙翁说，我不小心把彩蛋给吃了，你若不相信，查一查彩蛋还在不在原来的地方就知道了。南极仙翁一查确实是这样。水蛇勉强过关了。

蛤蟆左跳右跳，不知道从哪下口。它用舌头把一块砖敲松，往嘴里一塞，谁知还没等把房子咽下肚，房子就塌了，把它砸死了。

虾和蟹干得也不错。它们用自己学的超长波和超声波在三十秒钟之内就把七百只虾和七百个蟹唤来了，都顺利过了关。

第二场测试是变成人。它们一块儿变。

龙变了又变，最后还是没把龙头变下去。

虾和蟹与龙犯的是同样的错误，都没把头变成人头。

南极仙翁来看的时候，龙就往天空喷雾。南极仙翁看不见它的头，以为它的头也变成了人头，就让它当了南海王。从那以后，每当有人看龙的时候，它就喷点儿雨喷点儿雾。一千四百零二个虾和蟹都当了它的虾兵和蟹将。这就是虾兵蟹将和龙王的来历。

八仙中的韩湘子是个风流俊俏的书生，他手中的神箫名为紫金箫，是用南海紫竹林里的一株神竹做的。据说，这支神箫还是东海龙王的七公主送他的呢！

有一年，韩湘子漫游名山大川，来到东海之滨，听说东海有龙女精通音律，擅长歌舞，于是很想会她一会。因此，他天天到海边去吹箫。这一日是三月初三，正是东海龙女出海春游的日子。夜里，龙女听见海边传来一阵悠扬悦耳的箫声，不觉听得入神了。

韩湘子的箫声扰乱了龙女的心，那声声妙曲像把她的魂勾去了似的，让她身不由己地向海边走来，化作一条银鳗来会吹箫郎。

韩湘子一曲吹罢，大海退去十里（1里=500米）远。这时，他发觉滩头上有一条误了潮的搁浅银鳗，正泪光莹莹地抬头望着他，神情似乎还陶醉在乐曲声中，韩湘子笑着说道：

"鳗儿啊鳗儿，难道你也懂得其中的奥妙？你若是个知音，请把我的情意传到水晶龙宫去吧！"

银鳗听了，连连点头。

韩湘子十分惊异，出于好奇心，他又吹起了玉屏箫。想不到，银鳗深通人性，居然在皎洁的月光下婆娑起舞。舞姿之优美，神态之奇异世所罕见。连闯荡江湖游遍名山的韩湘子也愣住了。

▲ 银鳗

那银鳗在月光下不停地闪腰、盘舞、旋转……速度越来越快，节奏越来越强，突然银光一闪，鳗儿不见了，只见月影中站立着一个天仙般的龙女，柳叶眉，杏花眼，玉笋手，细柳腰，金纱披身，莲花镶裙，舒腰好似嫦娥舞，起步赛过燕掠水，把韩湘子也弄糊涂了。

歌舞声中，月儿渐渐西坠，潮水慢慢回涨。天快亮了，忽然，一个浪头扑来，银鳗、龙女都不见了。这样的情景，一连发生了三个晚上。

这一天，韩湘子又来到海边吹箫。不知什么缘故，吹了大半天，龙女就是不现身。韩湘子气得摔断了心爱的玉箫，可龙女还是没有出现。

韩湘子正沮丧地往回走，忽然背后有人喊他。回头一看，却是个陌生的老渔婆。老渔婆朝韩湘子道个万福，说：

"公子，公主感谢您的美意，特地差我出来传话。实不相瞒，前几夜在月下歌舞的乃是东海龙王的七公主。因为与您私会的事败露，被龙王关在深宫，不能前来相会。今天她叫我献上南海普陀神竹一枝，望公子制成仙箫，谱写神曲，以拯救龙女脱离苦海！"

说罢，老渔婆递上神竹一枝，便化成一阵清风不见了。

韩湘子将神竹制成紫金箫，从此断绝了在尘世厮混的念头，住进深山古洞，日夜吹箫谱曲，果然练出了超凡绝俗的本领。

后来，八仙过海，韩湘子神箫收蛇妖，妙曲镇鳌鱼，大显仙家神通；而东海龙女，却因为偷送了一枝神竹，被观音大士罚为侍女，永远不得脱身。

传说，东海渔民至今还常常听到海上有深沉的箫声，那是韩湘子想念龙女，心中烦躁，在天上吹箫呢！

龙女抛珠

金佛山是海中的一个岛屿，那里古木参差，峰谷幽深，繁花似锦。南海龙王的三公主很喜欢那里，经常带领一群水族精灵去岛上的狮子口欣赏人间美景。每次她们赏花观景时都如醉如痴，竞相把珍珠撒下岩口，其中三公主抛的龙珠特别晶莹圆润。

南海龙王非常羡慕东海龙王海阔势大，想要把自己的女儿三公主嫁给他的三太子，就派人前去提亲。由于三太子相貌丑陋，性情暴躁，虽然之前请媒人到处撮合，但都一直没有成功。这次南海龙王主动联姻，把东海龙王乐得笑口难合，三太子也高兴得忘乎所以，整个龙宫喜气洋洋，一片欢腾。于是，东海龙王迫不及待地带着三太子，由宫娥彩女和虾兵蟹将们扛着聘礼，欢天喜地地前往南海龙宫相亲。

三公主早已对东海龙王三太子的人品有所耳闻，又对父王趋炎附势的行为极为不满。因此，当她得知宾客即将临门时，便带上两个侍女，悄悄溜出后宫，去狮子口一吐心中的不满。

南海龙王满面春风迎进了客人，待设筵酬宾时，却不见了三公主，赶忙到处寻找。直等到从狮子口返回的人禀报："三公主怨气难消，执意不回，还说她永不嫁人。"顿时，全宫肃穆，主客尴尬不已。东海龙王父子凶相毕露，当即起身不辞而别。南海龙王派人将三公主抓回来，把她和侍女关入了黑龙潭。

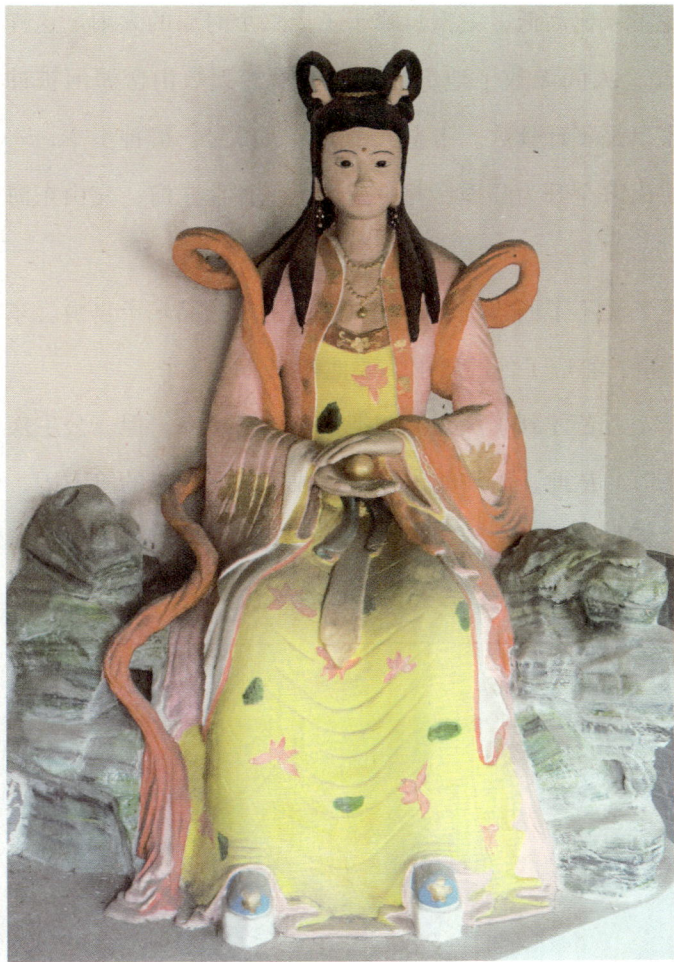

▲龙女塑像

南海龙王怨恨未消，地脉龙神又大显造山威风，一座座山峰拔海而起，海域日益缩小，各水域龙王惶恐不安。

时值"立春"，玉皇大帝令各处龙王降三十二个时辰的中雨，以助人间春播。南海龙王想借此时机扩大水域，欲与东海龙王一比高低，就擅自降了三十二个时辰的大雨。这样一来，南海一片汪洋，人间无数土地房屋被水淹没，无数山峦溪河被冲毁，淹死的人和牲畜更是不计其数。玉皇大帝见万民呼号，群神奏本，一气之下令地脉龙神将南海全升为陆地，并将南海龙王押往东海，交由东海龙王看管。

半年后，南海龙王受不了囚禁之苦，又以三公主为贿品求予自由。东海龙王为了儿子的婚事，答应了他的要求，要他把三公主接来。

南海龙王历尽千辛万苦才到了黑龙潭，把女儿放了出来。但三公主疾恶如仇，誓死不去东海。从此，南海龙王就永远成了东海龙王的阶下囚，三公主却无忧无虑，常与侍女去金佛山狮子口抛洒七彩宝珠。传说要是哪个男子能接到她的宝珠，就能与她结为夫妻。

▼东海风光

青田有个周村，当地有一种椭圆形的石头，形体小，分量重，其外壳非常坚硬，而壳内石质细腻如嫩玉，多呈淡绿色，且永不褪色，是青田石雕石中的上品，人们称这种石为"龙石"或"龙卵"。关于这种奇特的石头，民间流传着一个美丽动人的传说。

很早以前，青田周村有个青年名叫周郎，每日以砍柴为生。他善良、勤劳，但家境贫寒，年近三十还是光棍一条。

有一天，周郎上山砍柴，路上拾到一颗晶莹透明、闪闪发光的珠子。周郎想，这珠子应该很珍贵，遗失的人一定非常焦急。于是，他坐在路旁等候失主。可是等了好久都没有人来找，他只好改变主意，准备先在附近砍柴。正当他起身挥刀时，突然从山下传来打斗声。他来不及多想，循声而去，穿过杂林，只见蟒蛇谷中黑雾翻滚。平日，附近村民都不敢接近蟒蛇谷，因为这一带常有蟒蛇出没，伤害人畜。周郎赶到山谷，只见一个年轻女子正挥着宝剑与一条大蟒蛇搏斗，且战且退，渐渐招架不住了。他看在眼里，急在心上，挥舞砍柴刀冲了上去，挡在她身前，说："你快走，我来！"周郎一刀劈去，蟒蛇腾空而起，尾巴恰好甩在刀口上，顿时鲜血淋漓。它回头喷出毒雾，将周郎毒昏在地。倒地时，一颗熠熠发光的珠子滚出他的口袋。年轻女子一见高兴极了，立即扑上

东海龙女与周郎

去，将珠子含在口中。瞬间，女子化为一条小龙，腾空迎击蟒蛇。龙蛇搏斗，蛇哪里是龙的对手！只三个回合，蟒蛇便从空中摔下，一命呜呼。

小龙抖了抖身子，又变回年轻女子，将周郎救醒并叩头感谢他的救命之恩。

周郎问她叫什么名字，是哪里人，要送她回家。她说她叫龙女，没有家，她要跟他走。

"那怎么行？我一无父母，二无兄弟姐妹，三无妻子，一个人靠种田过活，你到我家多有不便。"

龙女咯咯地笑起来："那我更要跟你走，你种地砍柴，我为你洗衣烧饭。"

周郎见没办法说服龙女，只好将她带回家来。龙女见周郎体格健壮，勤劳忠厚，待人真诚，打从心底喜欢上了他。于是，龙女就与周郎结为夫妻。

▲蟒蛇

　　婚后，周郎与龙女相亲相爱，形影不离。他砍柴，她跟他上山；他下地，她为他扶犁；她煮饭，他为她烧火；她洗衣，他为她打水。日子虽然过得清苦，但龙女感受到了实实在在的幸福。

　　一天，吃过晚饭，周郎早早就睡了，龙女却坐在灯下不能入睡，她想起自己的身世，忧心忡忡……

　　龙女本是东海龙王的第九个女儿，生性活泼俏皮，冰雪聪明。三年前，她父亲东海龙王为了讨好玉皇大帝，做主将她嫁给远在新疆天池的玉皇大帝的外孙——天池龙。龙女早已听说，天池龙刁蛮成性，无恶不作，所以说什么也不答应，在出嫁的头天晚上逃出龙宫，化为民女来到人间，至今已三年多了……

　　龙女正在沉思，天空中突然电闪雷鸣，东海龙王的三太子率领虾兵蟹将从天而降，包围了周家，要将龙女带回龙宫。龙女推醒周郎，夫妻俩双双跪在三太子面前，恳求道："三哥，小妹与周郎结为夫妇，如今已有身孕，请允许我产下孩子后再回龙宫。"

　　三太子想，龙女既然有了身孕，还是生在人间为宜，带回海里反而麻烦。于是叫小妹写下保证书，承诺产后一定回宫。

　　三太子收兵，龙女与周郎跪地拜谢。就在这时，一束电光射下，击在龙女身上。周郎见此，吓得昏死过去。龙女疼痛难忍，化回龙身，冲上天空一看，原来偷袭她的是玉皇大帝的外孙天池龙。

　　天池龙在云头哈哈大笑："这就是背叛我的下场。"

　　东海龙王三太子气愤地责问道："天池龙，你太过分了！你这样做是违反天条的。"

　　天池龙傲慢地说："你九妹乘与我婚庆时私奔人间，害得我受尽仙人的讥笑。我恨不得踏平东海，灭你九族。今天，我非要杀死这妖女不可。三公子，你是真糊涂还是假糊涂？我杀死妖孽，还要谁同意？玉皇大帝是我外公，我就是圣旨，我就是天条！"

说罢，他又朝龙女喷出一束光，将龙女击落在周村地界，然后，向三太子说声"失陪"，便率手下兵将扬长而去了。

龙女中了天池龙的两下断肠鞭，疼痛难忍，在地上打滚。她从山顶滚到山脚，从山脚滚过田园，沿路产下许多龙卵，流了许多血，染红了一大片土地。

周郎醒来时已是第二天早晨，他找不到妻子，只见遍地是血和"龙卵"。他悲痛至极，含泪将"龙卵"和血块一个个埋在地下。

千万年之后，人们在周村发现了"龙卵化石"，这就是青田石雕石中的一种——"周村龙卵"，也叫"周村龙石"。原来的龙血，现在已成了著名的青田周村石雕石，有碧玉色、鲜红色、红白相间的颜色等，非常漂亮。

再说当时，龙女被天池龙的神鞭打成重伤，昏迷过去，到半夜才醒来。睁眼一看，龙王三太子正在身边守着她，见她醒来，连忙说："妹妹，我见你伤势过重，立刻回龙宫取来还魂丹给你服下。现在好了，只要休息三两天，便可以回宫了。父王特别盼咐，只要你回来，前事既往不咎。"

龙女微微一笑，转动身子，看见身旁的血和龙卵，不觉悲从中来。突然，从西北方向传来爆炸似的雷声，龙女抬头一看，不远处有一团浓黑的龙卷风冲天而起。

"不好！三哥，天池龙在作孽！"说罢，她从地上挣扎起来，振作精神，冲天而起，向西北方向飞去。三太子拼命叫喊，她只当作耳边风，一心只想去找天池龙报仇雪恨。

天池龙在打伤龙女后，得意洋洋地带兵回去。忽然听到密林深处传来的鼓乐声。他感到好奇，飞下云头，化作人形，潜进村里看个究竟。原来是一户农家娶媳妇，行婚礼，在大摆宴席。他看到此情此景，妒意大发，平时有恃无恐、骄横跋扈的天池龙腾空而起，呼风唤雨。

顷刻间，电闪雷鸣，狂风大作，骤雨倾盆，山洪暴发，将田地、村庄、人畜统统淹没。

龙女带着受伤之躯腾云驾雾赶到时，平地水深已数十丈（1丈≈3.33米），有数百村民依托木料被水冲到一座高百丈、宽数百米的悬崖旁，在水中拼命挣扎。龙女见状，心里只有"救人"的念头。她使出"铁甲耕石"的法术，全身鳞甲发亮，临风嗖嗖作响，侧身往悬崖扑去，在离水面一尺（1尺≈0.33米）左右的石壁上犁出一条栈道。灾民们爬上栈道，向山顶逃去。而

▼青城石雕

龙女自己却伤上加伤，跌入洪流。

天池龙见龙女以身犁壁，先是一惊，接着便哈哈大笑："自不量力，自投罗网！"他吩咐手下将龙女绑了，带回天池。

就在这关键时刻，三太子赶到，大声喊道："天池龙，休得无礼。看剑！"

转眼间，只见电闪雷鸣，风呼浪涌，两龙针锋相对，斗了六六三十六回合。天池龙渐觉体力不支，便仓皇逃离。三太子为了救小妹，也不去追赶，他用吸水大法迅速将洪水平息，然后将妹妹扶上一块平地，为她运功疗伤。但此时的龙女已奄奄一息，疗伤见效不大。再去东海取还魂丹已不可能，因为此丹东海龙王只有三颗，一颗已于去年送给王母娘娘作寿礼，一颗已取来给了小妹，这第三颗，龙王是不会再拿出来的。再说，三太子若回去东海，只怕天池龙再来惹是生非。

龙女在生命垂危之际，对三太子说："三哥，临死前我有一事相求，希望你能成全。"

三太子说："什么事？你尽管说。"

"我想请你把周郎叫来。如果能最后见周郎一面，我就死而无憾了！"说罢，龙女又昏了过去。

三太子答应了她的请求，派鲨鱼精将周郎带来。

周郎见到龙女，又喜又悲。喜的是夫妻劫后重逢，悲的是妻子伤势太重，生死未卜。他捧着妻子的手说："如果我的心能救你一命，我愿立即破胸开膛，用我的命换你的命……"龙女听了，热泪夺眶而出。

为了报答龙女的救命之恩，劫难中逃生的百姓，每天早、中、晚三个时辰跪在地上，朝着鼎湖峰祷告，保佑龙女早日康复。

在观音菩萨身边，有一对童男童女，男的叫善财，女的叫龙女。

龙女原是东海龙王的小女儿，生得眉清目秀，聪明伶俐，深得龙王的宠爱。一天，她听说人间玩鱼灯异常热闹，就吵着要去观看。

龙王捋捋龙须，摇摇头说："那里可不是你该去的地方。"龙女又是撒娇又是装哭，龙王总是不依。龙女嘟起小嘴巴，心里想道：你不让我去，我偏要去！这天夜里，她悄悄溜出水晶宫，变成一个清秀的渔家少女，踏着朦胧月色，来到闹鱼灯的地方。

这是一个小渔镇，街上的鱼灯多极了！有黄鱼灯、鳌角灯、章鱼灯、墨鱼灯、鲨鱼灯，还有龙虾灯、海蟹灯、扇贝灯、海螺灯、珊瑚灯……龙女东瞧瞧、西望望，越看越高兴。不一会儿她来到一个十字路口，这里更有趣，鱼灯叠鱼灯，灯山接灯山，五颜六色，光华璀璨。龙女似痴似呆地站在一座灯山前，看得出了神。

谁知这时候，从阁楼上泼下半杯冷茶来，不偏不倚正泼在龙女头上。

龙女猛吃一惊，心中叫苦不已。原来变成少女的龙女，碰不得半滴水，一碰到水就再也保不住少女的模样了。

龙女焦急万分，怕在大街上现出龙形，招来风雨

▲观音菩萨像

冲塌灯会，于是不顾一切地挤出人群，拼命向海边奔去。刚刚跑到海滩，突然"呼啦啦"一声，龙女变成了一条大鱼，躺在海滩上动弹不得。

正在这时，海滩上来了一瘦一胖两个捕鱼小子，看到这条光灿灿的大鱼，一下子愣住了。"这是什么鱼呀！怎么会在沙滩上呢？"胖小子胆子小，站得远远地说："我从来没见过这种鱼，怕是不吉利，快走吧！"

瘦小子胆子大，不肯离去，一边拨弄着鱼一边说："不管是什么鱼，扛到街上去卖，准能卖个好价钱。"两人嘀咕了一阵，然后扛着鱼，上街叫卖去了。

那天晚上，观音菩萨正在紫竹林中打坐，早将刚才发生的事情看得一清二楚，不觉动了慈悲之心，对站在身后的善财童子说："你快到渔镇去，将一条大鱼买下来，送到海里放生。"

善财稽首道："菩萨，弟子哪有银两去买鱼呀？"

观音菩萨笑着说："你从香炉里抓一把去就是了。"

善财点头称是，急忙到观音院抓了一把香灰，踏着一朵莲花，直奔渔镇。这时，两个小子已将鱼扛到大街上，一下子被观鱼灯的人围住了。称奇的、赞叹的、问价的人叽叽喳喳，议论纷纷，可是谁也不敢贸然买这么一条大鱼。

有个白胡子老头说："小子，这条鱼太大了，你们把它斩开来零卖吧。"

胖小子一想，觉得老头说得有理，于是向屠夫借来一把斧子，举起来就要斩鱼。

突然，一个小孩子叫开了："快看呀，大鱼流眼泪了。"

胖小子停斧一看，大鱼果然流着两串晶莹的眼泪，吓得胖小子丢掉斧子就往人群外面钻。

瘦小子怕外快泡汤，赶紧拾起斧子要斩，却被一个气喘吁吁赶来的小

▼鱼灯

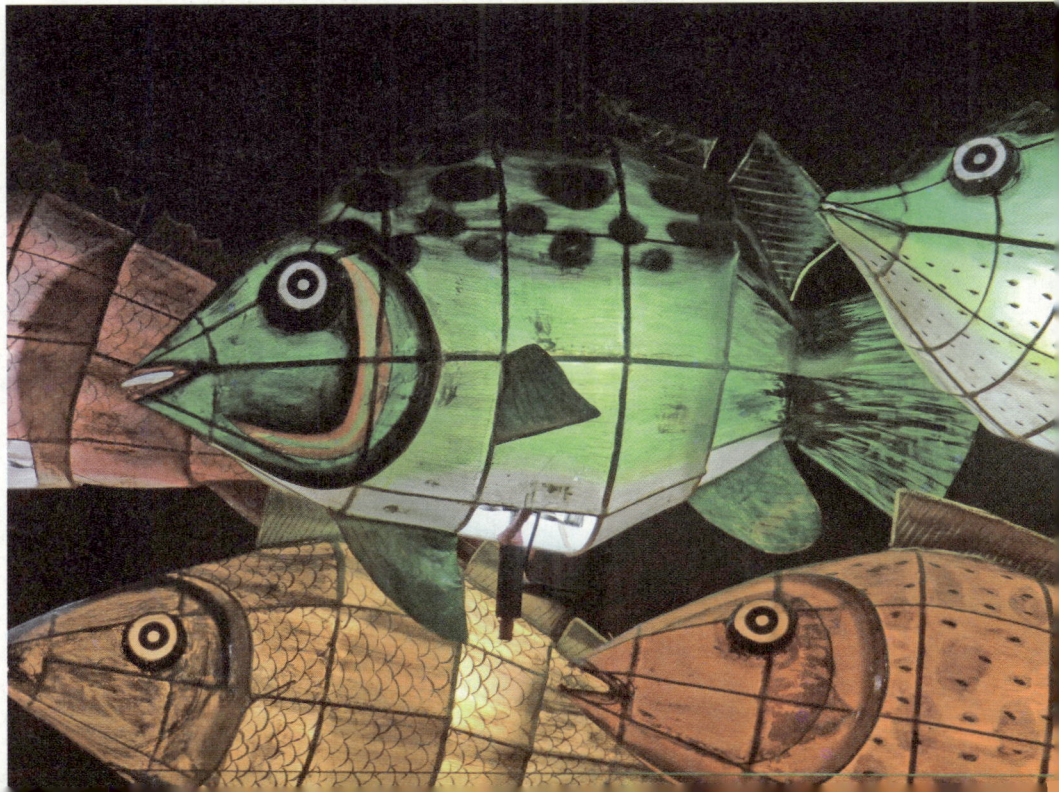

沙弥阻止住了：

"莫斩！莫斩！这条鱼我买下了。"

众人一看，十分诧异："小沙弥怎么买鱼来了？"

那个老头哼了一声，翘着山羊胡子说："和尚买鱼，怕是要开荤还俗了吧？"

小沙弥见众人冷语讥笑，不觉脸红了，赶紧说："我买这条鱼是去放生的！"说着，掏出一撮碎银，递给瘦小子，并要他们将鱼扛到海边。

瘦小子暗自高兴："赚到外快了！扛到海边，说不定等小沙弥一走，还能把这条大鱼扛回来呢！"他招呼胖小子扛起大鱼，跟着小沙弥向海边走去。

三人来到海边，小沙弥叫他们将大鱼放到海里。那鱼碰到海水，立即打了一个水花，游出老远老远，然后掉转身来，向小沙弥点了点头，倏忽不见了。瘦小子见鱼游走了，这才断了再捞外快的念头，摸出碎银要分给胖小子。不料摊开手心一看，碎银变成了一把香灰，被一阵风吹得无影无踪。回头再找小沙弥，也不知去向了。

再说东海龙宫里不见了小公主，宫里宫外乱成一窝蜂。龙王气得龙须直翘，海龟丞相急得头颈伸出老长，守门官蟹将军吓得乱吐白沫，玉虾宫女怕得跪在地上打战……一直闹到天亮，龙女回到水晶宫，大家才松了口气。龙王瞪起眼睛，怒气冲冲地呵斥道："小孽畜，你胆敢触犯宫规，私自外出！说！到哪里去了？"

龙女一看龙王动了怒，知道撒娇也没有用了，便照实说："父王，女儿观鱼灯去了。要不是观音菩萨派善财童子来救我，女儿差点没命！"

接着，她将自己的遭遇讲了一遍。龙王听了，心中大为不悦。他怕观音将此事宣扬出去，让玉皇大帝知道了，自己就得落个"教女不严"的罪名。他越想越气，一怒之下，竟将龙女逐出水晶宫。

龙女伤心极了，茫茫东海，到哪里去安身呢？第二天，她哭哭啼啼来到莲花洋。哭声传到紫竹林，观音菩萨一听就知道是龙女来了，她吩咐善财去接龙女上来。善财蹦蹦跳跳来到龙女面前，笑着问道："龙女妹妹，你还记得我这个小沙弥吗？"

龙女连忙揩掉眼泪，红着脸说："你是善财哥哥呀？你是我的救命恩人呢！"说着就要叩拜。

善财一把拉住了她："走，观音菩萨叫我来接你呢！"

善财和龙女手拉手走进紫竹林。龙女一见观音菩萨端坐在莲台上，俯身便拜。观音菩萨很喜欢龙女，让她和善财像兄妹一样住在潮音洞附近的一个岩洞里，这个岩洞后来被称为"善财龙女洞"。

从此，龙女就跟了观音菩萨。后来龙王后悔了，常常叫龙女回去。可龙女眷恋普陀山的风光，再也不愿回到禁锢她的水晶宫去了。

龙女饮恨花轿礁

▲花轿

  在嵊泗基湖碧波澄清的海湾里有几座造型奇特的小礁，其中一块大的像顶花轿，高高地浮在海面上，礁顶上长满绿草，间或开着黄色小花，这礁俗称"花轿礁"。在花轿礁的轿前和轿后，有四块老鼠形的小礁岩，俗称"海老鼠礁"。因为鼠身大半沉没在海浪里，只露出一个鼠头和拱起的背脊，其形状似抬着花轿在碧波翠浪中行进。可是，海老鼠为什么要抬花轿？花轿为什么停在这里不走了呢？

相传，泗礁岛在古代俗称"马迹山"，其岛形状像匹骏马，马屁股就在马关岙。不知在哪个朝代，马关岙出了个年轻英俊的后生，名叫马郎。

有一天，马郎去海边赶潮，看见一条七棱八角浑身披着金鳞的怪鱼搁浅在沙滩上。有一只斑斓猛虎从山顶窜下来，眼看就要把那条怪鱼吃了。马郎心地善良，见怪鱼眼泪汪汪，似有哀求之意，于是掷出雪亮的渔叉，把那只斑斓猛虎赶跑了。

怪鱼获救了，马郎却意外地得到了厚报。原来，那条虎口逃生的怪鱼是误潮搁浅的东海龙王。东海龙王为了感谢马郎的救命之恩，就把最心爱的小女儿嫁给他做妻子。

龙王嫁女了！龙宫里热闹非凡，嫁妆摆满了十里海街。珍珠、玛瑙、珊瑚、贝雕自不必说，就说那顶嵌珠镶玉的大花轿，用三千六百九十九颗南海龙王所赠的猫儿眼绿珠串成，远看一层碧，近望一轿绿，实为海中之珍宝。龙王宠爱娇女，出嫁时命"大鱼"在前擂鼓开道，"金鸡"在侧引颈高叫，又派"黄龙"和"五龙"等龙太子保驾护轿。四只海老鼠抬着大花轿，趁着夜潮涨水，离开龙宫向泗礁岛进发。

花轿行到基湖海湾时，突然，那只斑斓猛虎从高山顶上窜下来，朝着花轿怒吼。这一下，把四只抬轿的海老鼠吓昏了。原来，基湖"四脚凉亭"有个"老虎潭"，"老虎潭"里住着一只大老虎。那一天，老虎欲吞怪鱼被马郎赶跑，一直怀恨在心，今晚听说马郎要娶媳妇，便乘机出来报复。俗话说："老鼠怕猫"，而老虎的威严更胜于猫。在这朦胧夜色中，高山上突然窜下这么一只"大花猫"，海老鼠当然害怕，赶紧把身子往下

▲老虎

一沉，只露出一个鼠头，惊慌失措地在海面观看动静。龙女的花轿就停下来不动了。龙女出嫁，半路上是不能停花轿的。这一停可坏事了！一停停了几千年，花轿再也没有往前挪动半步。

而马郎就站在马关岙的一个海滩里，面朝浪岗，一直盼望着花轿到来。日子久了，就化成了一个石人像。至今，马关还有这么个石人像，翘首远望，伫立在礁岩上，俗称"马郎礁"。送小妹出嫁的"黄龙"和"五龙"想不到半途上会发生如此意外的遭遇，一时也无良策可施。为了保护龙女不受伤害，他们决定在附近定居下来。这就是黄龙岛和五龙乡的由来。敲锣的大鱼和喝道的金鸡呢？一直跑在轿子前头，不知道后面发生的事。它们见花轿迟迟不来，就跑到金平岛上去歇脚。日后，化为两个岙口，一个叫大鱼岙，一个叫金鸡岙。

传说，历经几千年的时光，牛郎董永的灵魂仍在等待天上的织女，而织女也同样思念着牛郎。为了长相厮守，他俩不惜再次违背天条，分别投胎到开江县东部李姓和陈姓之家，分别叫李郎和陈姣。李郎聪明机智，一表人才，深受乡亲们的喜欢，陈姣更是姿容秀丽。

在一个月圆之夜，李郎与陈姣相识了，两颗年轻火热的心贴在了一起，发誓要结为终身伴侣。

垂涎织女美貌已久的东海龙王二太子发觉织女的灵魂已经下到凡间，他掐指一算，知道织女投胎到开江县东部的陈家，于是他变成一个英俊且富有的外来少年，托人到陈家说媒。殊不知，陈姣早已把全部感情投在了潇洒俊逸、勇敢坚强的李郎身上，一口回绝了龙王二太子。

龙王二太子又羞又气，决定发洪水淹死李郎和陈姣，不让牛郎和织女在凡间相守。九月深秋的一个夜晚，雷鸣电闪，下起了大雨，平地浪涛滚滚，顿时开江县的东部一片汪洋，滔滔洪水肆无忌惮地吞噬着人间的良田、财物和生命。在这危急时刻，李郎和陈姣一次次在浪里搏斗，将一个个乡亲救往山上。在最后一次救援中，一个万丈高的浪头卷走了他俩，百姓们哭啊、喊啊，可再也听不到李郎和陈姣的声音。

牛郎不是神仙，为了寻找织女，他的灵魂在开江

八仙开江护桥的传说

县西部化成一座山，苦苦等待。织女收回陈姣的灵魂，准备与龙王二太子大战一场，但苦于天兵的看管，只得泪流沾襟。

二太子见李郎和陈姣已死，更是得意忘形，决意全淹开江县以解心头之恨。顿时洪水猛涨，闪电频频，雷声震天。织女见自己的下凡造成人间的灾难，心中很是着急。她急忙找到一个天兵亲信，求他帮忙去找太上老君的徒弟八仙，请他们帮助人间躲过这一灾难。八仙是天庭有名的人物，一接到织女亲信带来的求援信，个个义愤填膺，手执法宝直奔开江县东部找龙王二太子大战。

二太子知道自己不是八仙的对手，慌忙挥舞珍珠鳌鱼旗，催动虾兵蟹将，掀起漫海大潮，直奔长江而去。但洪水太大了，开江县境内又无河道，洪水一时难以退却。吕洞宾拿来铁拐李的拐杖，口中念念有词，并将拐杖往空中一抛，喝声"开"！顿时一条深深的河道由西向东划去，不仅给无江的开江县开了一条河，而且洪水也转眼消失了，躲在山上的人们一片欢呼。

何仙姑见状道："河道已成形，如果没有桥，两岸的百姓无法正常往来，特别是山洪暴发的时候，行走更不方便。我们何不再修一座桥呢？"

汉钟离忧虑地说道："我们私开河道，已经违背天规，如果再私自修桥补路，王母娘娘一旦察觉，降罪于我们怎么办？"。

吕洞宾沉思一下，说道："我看这样吧，我们不用神力，以凡人的身份造一座桥，以证明我们对织女的同情和对这里人民的爱护，相信王母娘娘即使察觉，也不会过多地降罪于我们。"众神仙点头称好。于是他们摇身一变，变成八个凡人。

八仙来到洪水泛滥最严重的长岭镇，告之众乡亲说要修桥补路。经过三个月的艰苦努力，一座八个拱洞的石桥终于建成了。当人们欢天喜地、热热闹闹地举行庆典时，东海龙王向王母娘娘报告，说织女私下凡间与牛郎相会，八仙违背天条帮助织女痛打二太子且私自开河道建桥修路等，有背天庭制度，望王母娘娘严惩。

王母娘娘一听，勃然大怒，派二郎神与龙王下界捉拿八

▲牛郎织女

仙，到时与织女一并送天庭严审。龙王得意忘形，想要冲毁河道和石拱桥，于是携带着惊涛骇浪向刚开的河道和新落成的石拱桥涌来。人们被这更大的洪水吓得不知所措。

在这危急时刻，只见八个建桥的陌生人齐齐跪在桥上，面向龙王携来的洪水念念有词。龙王见八仙阻挡了他的洪水进攻，高呼道："二郎神元帅！八仙抗命阻挡洪水，快来帮忙捉拿！"

就在这时，八个陌生人变回原形。吕洞宾高呼道："二郎神元帅，

▲王母娘娘塑像

织女本是令尊的侄女，他与牛郎相恋几千年，如今在凡间短暂一聚，情有可原。龙王二太子强娶织女不成，发淫威、引洪水，冲毁农田，滥杀无辜，他才该捉拿；再说，我们开河道、修桥是造福这里受灾的百姓，并无他意，请元帅明察！"顿时，石拱桥四周跪下了无数当地凡人。

二郎神见状，心里生出对织女的同情和对龙王二太子的憎恨，也明白了八仙的好意，更了解民心所向，便对东海龙王喝道："龙王，织女之事，王母自会有定论；八仙所作所为，并没有违反天条，天条中的最高条例就是降福于人间，其他细节可以不计。你快随新开的河道回东海龙宫吧，我立即回灵霄宝殿向王母娘娘回命。"

东海龙王见状，只好恨恨地离开。河道得以保存，石拱桥得以幸免，民众得以安心，八仙也腾云回到天界。

为纪念八仙开江护桥的义举，后人将此地命名为八庙，后又改称为拔妙；将此河称为开江，开江县名也由此而来。

八仙过海

张果老、铁拐李、汉钟离、韩湘子、吕洞宾、曹国舅、何仙姑和蓝采和八仙一行，从蓬莱仙境腾云驾雾来到崂山游玩。这天，他们游遍了崂山，来到崂山南头的海边，坐在八块大石墩上，边歇息边品茶饮酒，商量过海东游的事。最后，大家一致推举德高望重的张果老带领大家过海东游。张果老推让了半天，从石墩上站起来，慢条斯理地说道："列位仙友，这人烟稀少的海边上没处找船，要跨过眼前这波涛滚滚的东海，只好靠咱们各显其能了！"

其余七仙听了张果老的话，个个笑得前仰后合，异口同声地说道："果老此言差矣！凭咱们这天上地下赫赫有名的八大神仙，莫道过这东海，就是远渡重洋也易如反掌！"说着，一个个从石墩上站起来，取出各自的法宝，准备施展拿手本领。

只见八仙中最年轻的蓝采和把手中的花篮朝石墩下的海水中一抛，口中念念有词地说道：

百花篮，变只船，挂上朝霞作红帆，

东风呼呼推着行，追日赶月一眨眼！

话音刚落，只见那花篮一闪，变成了一只带着红色彩蓬的游船，停靠在蓝采和坐的石墩下。彩船的两头，一边还站着一个头扎发髻、手持短橹的仙童。蓝采和从石墩上一抬脚，跳上彩船，把手一挥，对着众仙说声："列位仙长，我先走一步了！"接着，挥臂朝前一指，那小小的彩船便像箭一般飞驶起来，乘风破浪朝着远方驶去。

铁拐李见蓝采和先走了，急不可待地把宝葫芦从身后往胸前一转，说声：

宝葫芦，顶儿尖，能变三百六十变，

快快变成金凤凰，驮俺过海把景观！

话音刚落，从那宝葫芦里"咕嘟咕嘟"喷出一股白气，那白气三转两转，呼啦一闪变成了一只金光闪闪的凤凰，从半空中飞落到铁拐李站的石墩子上，扇动着金翅膀，摆出了让人骑跨的姿势。

铁拐李把瘸腿一偏，收起拐棍，骑到凤凰背上。金凤凰一展翅膀，腾空而起，驮着他朝着东方飞去了。

这时，何仙姑也不肯示弱，把手中的绿叶红荷花朝水中一掷，说了声：

红荷花，无价宝，变只荷盆载我跑，

过海就像走大路，跨岛只当过小桥！

话音刚落，那绿叶红花的荷花应声变成了一个荷花盆，打着旋儿停泊在何仙姑站的石墩子下。何仙姑从石墩上一跳，稳稳当当地坐进荷花盆里，说声"走哇！"那荷盆便如同闪电一般急速地旋转，擦着水面朝东驶去。

韩湘子看了，早已心急手痒，把古铜色的宝箫朝波涛滚滚的大海一指，说声：

宝箫宝箫神通显，入地升天一眨眼，

变只仙鹤带上我，披风斩云过险关！

随着他的话音，那宝箫"滴楞楞"一声响，立时变成一只金腿、红冠、白翅膀的仙鹤。仙鹤展翅一跳，跳上石墩，卧伏在韩湘子的脚边。韩湘子双脚一叉，骑上仙鹤，说声："飞呀！"那仙鹤便展开双翅，"嘎"地叫了一声，朝着东方飞去了。

曹国舅见了，禁不住叫了一声："妙呀，下边看咱老曹的！"说着，把手中的阴阳板朝上一扬，说道：

阴阳板，神通高，给我变座跨海桥，

一头接在石墩上，一头搭上东海岛！

那阴阳板随着他的话音一落，立时变成一条万里长桥，这头搭在曹国舅的脚边，那头接在东海的石头岛上。曹国舅双脚一抬，踏上桥头，念了个缩路咒。只见那长桥应声从西往东一缩，便把他带走了。

这时吕洞宾急了，把阔袖一甩，左手从腰中取下宝剑，右手紧握剑把，使劲往外一抽，一道银光随着剑刃从剑鞘里冒出来。他手握宝剑，仰头挺胸，说了声：

贴身宝剑把灵显，变条彩虹挂九天，

我踏彩虹过东海，赶不上众仙心不甘！

说着，宝剑的剑光一闪，化作一道五彩长虹。吕洞宾从容地踏着石墩迈上彩虹。他在前头走一步，身后的彩虹就卷一卷，越卷越短，越卷越急，最后，蜷缩成一朵五色的云彩，载着他飘飘悠悠朝东飘去了。

汉钟离左右看看，见石墩上只剩下他和张果老俩人了，便笑着道："果老，咱们也该动身了！"

张果老笑着点了点头道："走！"

汉钟离把手中的乾坤扇一摇，说了声：

乾坤扇，不平凡，扇风扇水扇雷电，

快快扇朵梅花云，载我过海会众仙！

随着他的话音，那乾坤扇摇三摇，转三转，一阵风吹来一朵碾盘大的五个瓣的梅花云，轻飘飘地落在他的脚边。汉钟离一步走上去，双腿一盘，坐在云朵中间，说声："起！"那云朵"呼"地离开了石墩子，转向东方，飞快地飘走了。

张果老见众仙都已离岸过海去了，觉得大伙给他的重任已经完成，便满脸堆笑地手抱渔鼓，"咚、咚、咚"敲了三下，唱道：

哎——

打起渔鼓唱起歌，唤声神驴快出窝，

勒紧肚带备正鞍，快快驮我把海过！

随着张果老的渔鼓和小曲声，一条神驴从渔鼓里跳出来，站在张果老的跟前。张果老双脚踏地一跺，一个鹞子翻身，倒坐在驴背上"咦"了一声，那神驴便四蹄腾空，踏着海中的浪花，冲开满天的云霞，扬头追赶众仙而去……

东海龙王派来把守海口的龟精，起初看见八仙坐在石墩子上又吃又喝，接着表演各自的神术，越看越稀奇，越看越古怪，后来看着看着就看花了眼，看迷了心，只顾看把戏，早把自己守海口的事忘干净了。直到张果老唱着歌、骑着毛驴腾云驾雾走了之后，它抬头一看，海边悬崖上已空无一人，只有八块孤零零的大石墩还立在浅水里，才如梦初醒，自知放八仙过海犯下大错，定将受到东海龙王的严厉惩办，顿时对八仙生起气来，特别是对那个站在石墩子上指手画脚指挥他人过海的干巴老头儿更是恨之入骨。它直着刚硬的脖颈子，伸出尖尖的头，使出了全身的力气，朝着张果老坐过的那块大石墩猛撞过去，只听"扑通"一声，那又粗又高的大石墩被撞歪在海水中了。

由于那龟精用力过猛，把长长的脖子和尖尖的头都撞进肚子里去了。所以，直到如今，海龟在不行动时，总是把脖子和头紧紧缩回肚子里。

只因这八块石头上曾坐过八仙，打那儿以后，人们便叫它"八仙墩"。那块被龟精撞歪的石墩，至今还倒在崂山南头的浅水中呢！

▼八仙雕塑

龙宫还珠

中国的东海盛产珍珠，传说茫茫东海多珍珠，珍珠全在阮家岛。在浙江沿海有一个小海岛，名叫阮家岛，那里不仅景色优美，还是个盛产珍珠的宝岛。这个小岛周围海里的珍珠总是比其他地方的要多，光泽要好，属于东海最好的产珠地区。所以，小岛附近的居民几乎世世代代都以采珠为生，过着平静富足的生活。

岛上只有一个小村庄，名叫阮家村。村里住着一位采珠能手阮爷爷。老人家和聪明灵巧的孙子阮小宣相依为命，日子过得平淡却快乐。小宣长得英俊潇洒，也很懂事，从小到大，跟着爷爷练就了一身的好

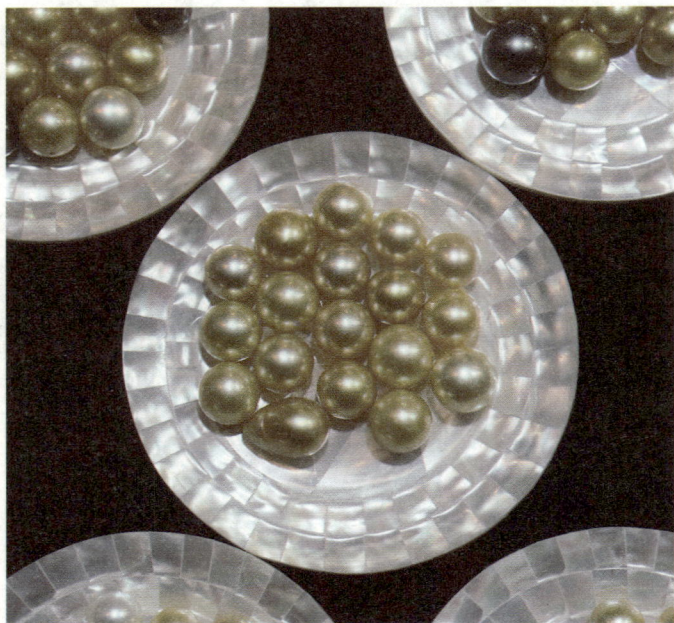

▲珍珠

水性。

每天早晨太阳刚刚升起来，阮家爷爷就催促着孙子赶紧起床，爷孙俩高高兴兴地向海边走去。到了小码头，阮家爷爷先上船检修一番，然后开船。爷爷掌舵，孙子使劲划桨，还放声歌唱。小宣的歌声很好听，轻轻回荡在海天之间，引得海鸟飞起来，鱼儿也跳出水面，围着小宣的渔船转。

这一天，阮家爷爷像往常一样迎着朝阳驾驶小船，伴着小宣清脆的歌声划到捞珍珠的地方，阮家爷爷放好小船，小宣就穿上水衣、水裤，一个猛子扎入水中，不多一会儿就采满一筐大蚌浮出水面。小宣和爷爷并排坐在岸边的礁石上。小宣好奇地问爷爷："爷爷，你说海底究竟有没有龙宫呢？有没有长着胡须的老龙王呢？"

爷爷喝口烧酒，慢条斯理地回答："龙宫在海底很深的地方，只有最勇敢的人才能到达。不过那不是咱们关心的事，我们是以采珠为生的，你得学会分辨哪个贝壳里藏着珍珠，要是能有幸找到珠母，那就交上好运了。"爷爷告诉他，珠母很神奇，一般要到月圆之夜才会打开蚌壳，出来汲取月光的精华。如果把它放到有珍珠的地方，所有的珍珠都会自己跑到它身边。

小宣听了爷爷的话，他想自己一定要找到那个珠母，那样爷爷就不用每天都出海了，或许，爷爷还会有时间带他出去看看小岛外面的世界。

转眼到了月圆之夜，皎洁的月光把大海映得像白昼一样。小宣脑海里回荡着关于珠母的故事，按捺不住好奇心，他等爷爷睡着以后，偷偷穿上一身白色的水衣、水裤，悄悄地借着月光来到海边。小宣对着月亮，拜了三拜，请月亮保佑自己今夜能找到那个神奇的珠母。他轻轻跳进海里，一扭身潜到了海底。

　　海底真是美丽极了，水草摆来摆去，一群群的小鱼穿梭其间。他兴奋地追着小鱼游来游去，睁大眼睛寻找。忽然，他的脚被什么东西缠住了。他回头一看，原来是一丛水草。他弯身想去解开，没想到越缠越紧。他拨开层层水草，忽然发现一个像盘子那么大的珠蚌，藏在水草深处。蚌壳微微张开，里面一道夺目的亮光直透出来。小宣使劲挣断水草，惊喜地游过去，捧着它游上了岸。

　　小宣一上岸，就见蚌壳缓缓张开，里面跳出一个小人，落到地面后马上就变成了和他一样高的姑娘，警惕地看着小宣。

　　小宣吓了一跳，往后退了几步，朝姑娘行了个礼，说道："珍珠姐姐，对不起，我是阮家村的小宣，自幼跟着爷爷在这海里以采珠为生，今天遇到姐姐，实在是三生有幸。"

　　姑娘看小宣十分有礼，心里也有几分喜爱。姑娘对他说："我虽然没见过你，但我听过你的歌声。"姑娘轻轻哼唱起来，正是平日里小宣最喜欢唱的那首歌。小宣也和着姑娘的歌声，两人一起坐在岸边唱起来……

　　大海蓝蓝，船儿尖尖，今天出海，珍珠满满……

　　姑娘看着小宣在月光下脱下水衣赤裸着上身，心里不禁起了怜爱之心。此时海风吹来，姑娘连忙把自己的一件披风给小宣披上。她低下头，捧出一颗硕大晶亮的珍珠说："小哥哥，我不能再呆了，我得回到海里，我把这颗珍珠送给你，以后你要是想我了，就到海边来找我……"

　　小宣伸手接过这个大珍珠，不小心碰到了姑娘的一双纤纤玉手，姑娘害羞地转身跳回蚌壳。任凭小宣怎么喊她，蚌壳再也没打开。

　　小宣轻轻抱着这个蚌壳，心里害怕珠蚌因为缺水而死掉，依依不舍地把蚌壳放回海里。他一看，那颗珍珠的四周一下子聚集了很多小珍珠。他高兴地把大珍珠和小珍珠带回了家。

第二天一早，小宣忍不住将昨天晚上的事告诉了爷爷。阮家爷爷说："你一定是遇上蚌珠仙子了，还得到了蚌珠仙子送给你的珠母。"小宣心里装满了对珍珠姑娘的思念，就找了一个非常美丽的锦囊，把珠母装进去挂在胸前藏好。

阮家爷爷猜得没错，那正是珠母。珠母本是龙王送给蚌珠仙子的，那个女孩就是龙宫里的蚌珠仙子，受命于龙王，统管这一方水域里面的大小蚌壳。

龙王知道蚌珠仙子把珠母送人后很生气，逼着她马上要回来。可蚌珠仙子不肯，说已经送人的东西怎么可以再要回来。龙王勃然大怒，下令把她关起来，哪儿也不许去。

由于失去了蚌珠仙子，阮家村周围的海域里再也没有了珍珠。郁闷的渔民们失去了养家糊口的来源，只得背井离乡，寻找新的家园。阮家爷爷也觉得这事很奇怪，决定下海去探探详情。下海之前，爷爷告诉小宣，如果爷爷在一天之内不能回来，一定要潜到海底看看是怎么回事。

爷爷下到海里，寻遍了大大小小的蚌珠窝，什么也没有找到。于是，爷爷很失望地回来，准备带上孙子，一起到别的岛屿去生活。小宣忽然想起蚌珠仙子的话，从锦囊里拿出那颗珠母，放在水里，轻轻唱起歌来。这时一个小小的蚌壳游过来，小宣连忙捧在手里。小蚌壳忽然打开，一个小小的珍珠妹妹跳出来，告诉他蚌珠仙子因为私自把珠母送人，现在已经被龙王关起来了。这一带再也不会出现珍珠了。小宣思念蚌珠仙子，不禁流出眼泪。他决心要潜入海底，救出蚌珠仙子。

他穿着仙子给他的披风，这是一件避水衣，到了水里就如同行走在平

▲珠蚌

地。他按照珠母的指点，绕开虾兵蟹将的守卫，找到了关着蚌珠仙子的地方，终于见到朝思暮想的蚌珠仙子。小宣听蚌珠仙子说完事情的来龙去脉以后，便直接去找龙王，把珠母奉还，恳请龙王放了蚌珠仙子。

龙王很欣赏他的勇敢，便同意了他的请求，将蚌珠仙子放出来，并宣布将蚌珠仙子许配给小宣。两个年轻人情投意合，恩恩爱爱，一起回到当初相识的海域。

从此，这里成了远近闻名的珍珠窝，又能捞出又大又圆的珍珠了，渔民恢复了幸福无忧的生活。为了纪念这位勇敢的渔民，人们把这个岛改名为阮家岛。

东海龙王有一个长得十分美丽又聪慧的女儿，大家都很喜欢她。眼看着女儿就到了要出嫁的年纪，可是，这个龙女挑来选去也没有看中一个如意郎君。

龙王无奈，问女儿："我的小宝贝，你想找一个什么样的如意郎君呢？"

龙女回答道："父王，我不在乎贫富，不在乎贵贱，只要一个诚实勇敢的男儿。"

于是龙王下令，动员整个海底家族为女儿挑选乘龙快婿。龟丞相、蟹将军、虾大帅纷纷为龙女推荐贤良，可是没有一个是龙女看中的。

一天，黄鳝将军巡查回来，禀报龙王说，在河湾

▲夜明珠

的高山下，住着一个叫阿二的年轻人，他的诚实勇敢是人尽皆知的。不过，他的家境贫困，父母过世得早，他和哥哥相依为命，靠打猎维系生活。

龙女一听，就羞答答地笑了，龙王知道女儿动心了。可是，他还是有所疑虑的，说他诚实勇敢，也只不过是听来的，并且，他不是水族，这婚配可能会遇到点麻烦。

龙女见龙王迟迟不表态，就一病不起，从此躺在床上不梳妆，也不吃饭，老龙王看在眼里疼在心里，但却无可奈何。这时候，虾大帅为龙王出了一个主意，龙王立即喜上眉梢。

这天晚上，龙王托梦给阿二，告诉他在河湾上有一个美丽的姑娘，让他快去求婚。阿二十分高兴，竟然笑醒了，他推醒了睡在一旁的大哥，将这件事告诉了他。大哥心生嫉妒，又不好表现出来，只好满不在乎地说："就是一个梦罢了，别胡思乱想了，睡觉吧，明天还得进山打猎呢。"

阿二听了哥哥的话，很快就又进入了梦乡，而阿大却趁着弟弟睡着了，偷偷地来到了河湾。殊不知，睡梦中的弟弟在龙王的牵引下，也梦游一般地来到了河湾。

河水在月光的映照下波光粼粼，像撒了一层金子一般。小河边，树梢随风舞动，仿佛在召唤着他们。

而就在大树下，端坐着一位美丽的姑娘，她将那长长的秀发浸在河水里，柔柔的月辉下，姑娘的身上仿佛也绽放着金色的光彩。

兄弟俩都被这位姑娘的美貌吸引了，一起前去向姑娘求婚。

姑娘看见两个人向她求婚，为难了一会儿，说："你们两个我该答应谁呢，那你们就证明给我看自己是最诚实勇敢的吧。我只嫁那个最诚实勇敢的人。"

兄弟俩纷纷说自己是最诚实勇敢的，可是，该怎么证明呢？

于是，那个姑娘给他们出了一个主意："我现在很需要一颗夜明珠，如果你们谁能够帮我拿到它，那么谁就是那个最诚实勇敢的人，我就嫁给他。"

兄弟两个不明白为什么拿到夜明珠的人就是最诚实勇敢的，但是都同意了姑娘的提议。

于是，兄弟俩又问："我们该去哪里找夜明珠呢？"

姑娘说："东海龙王那里有一颗夜明珠。我给你们一人一支分水簪，有了这簪，就能下海了。"

兄弟俩拿着分水簪向姑娘告别之后，分别踏上了去东海的路。

阿大怕路途遥远，向邻居借了一匹马，骑着马向东海疾驰。阿二担心路途遥远，背了一大串草鞋，向小路深处走去。

而东海究竟在哪里呢，谁也不知道。一周的时间过去了，这天，阿大来到了一个村庄，恰巧赶上这里发洪水。洪水冲毁了村民的房屋，淹没了人们辛苦栽种的庄稼。老人和孩子只能在附近的高山上躲避洪水，而年轻人则驾船的驾船，摇橹的摇橹，在洪水中将家里能带出来的东西往山上运。

阿大看在眼里，无能为力。三天过去了，洪水丝毫没有退下去，如果继续这样，恐怕大家都会被饿死在这穷乡僻壤。这时候，一个白发苍苍的老人说："如果我们能借来东海的金水瓢就好了，恐怕也只有那金水瓢才能将这洪水舀干。"

阿大一听，立功的机会来了，于是就自告奋勇地说："大家不必担心了，我就是要去东海办事，可以顺便把金水瓢帮大家借来。"

乡亲们一听，高兴极了，纷纷把自己仅有的粮食拿出来让阿大带上，又给了他一艘小船送他离开这里。

没过几天，走小路的阿二也到了这个村庄。见此情景，阿二停止了前行的脚步，开始帮乡亲们抢救财物，把损失降低到最低程度。

在抢救的时候，阿二听一个年轻人说只要到东海借到金水瓢就可以帮助这里化险为夷。阿二就召集大家，告诉他们自己可以帮助他们向东海龙王借金水瓢。大家面面相觑，完全摸不着头绪，这连续出现的自称可以去借水瓢的人，着实有点让人诧异。不过大家看在阿二比较诚恳的份上，就答应让他去借金水瓢。乡亲们也要送给他干粮和小船，阿二没有接受，纵身跳入洪水中，游了出去。

等到阿二到了东海边的时候，阿大已经在那里等候多时了。原来，东海浩瀚无边，狂风巨浪，阿大担心会有什么三长两短，不敢下海，于是就在这里等阿二来开路。

阿二二话没说，拿出分水簪就跳进海中。说也奇怪，阿二刚一跳进海中，海水就自动为他开辟出一条通道。阿大紧跟在阿二身后，向深海走去。

到了水晶宫的门口，龙王早已在那里迎接他们。没等两兄弟开口，东

▲洪水滔天

海龙王就将他们带进了宝物贮藏室。

看见到处闪闪发光的金银财宝，阿大的眼睛都绿了。龙王看出了阿大的贪婪，说："你们要谨记，每个人只能拿一样东西，如果谁想多拿，就会被永远困在这里。"

阿大在众多的宝物中挑来挑去，突然想起美丽姑娘说的夜明珠的事，于是就挑了一颗最耀眼的珠子。而阿二什么都顾不得看，只是问龙王："金水瓢在哪里，我只要金水瓢。"

兄弟俩都拿了各自的宝物，匆匆踏上了回程。

阿大继续策马前行，阿二还是坚持走小路。过了几天，阿大再一次到了那个发洪水的村庄，人们看见阿大回来了，都团团将他围住，询问他是否借到金水瓢。阿大心中有愧，只好红着脸说："东海龙王太小气，不肯借。"说完就借口有急事，匆匆离开了。又过了两天，阿二也到了这个村庄，大老远地就举起金水瓢向村民们汇报好消息。人们一看见金水瓢，都高兴得不得了。只用了一会儿工夫，洪水就退去了。乡亲们的房子，庄稼都像没有被洪水浸泡过一样。当一切恢复原样以后，人们在一棵大树下发现了一个大河蚌，大家扳开蚌壳一看，里面有一颗斗大的黑珠子。

村民们说阿二帮了他们的大忙，救了全村的人，大家已经拿不出什么来感谢他了，如果不嫌弃，这黑珠子就当作是谢恩了吧。

虽然阿二没有拿到夜明珠，但是他帮助了别人，心里依旧暖暖的。阿二就带着这颗黑珠子，揣着暖暖的心情再次踏上了归途。

这时候阿大已经来到了河边，找到了那个姑娘，拿出了那颗珠子，让她和自己成亲。没想到的是，姑娘看也不看就说阿大的珠子是假的。果真，到了晚上一看，那颗珠子一点光泽都没有。阿大懊恼极了。

两天以后，阿二也回到了河边，他找到姑娘，羞愧地说："我不能娶你了，我没有拿到夜明珠。"

姑娘不慌不忙地说："那你拿出你的黑珠子给我看看吧。"

阿二将黑珠子拿了出来交给了姑娘，姑娘会心地笑了。

阿大讥讽道："一块破石头有什么好的，这河滩上有的是。"

姑娘见阿大不服气，就说："这是好石头还是破石头，我们晚上见分晓吧。"

　　到了晚上，三个人都来到了河滩上。阿二一掏出那珠子，顿时周围都被照亮了，就连月亮的光辉都显得那么的微不足道。

　　姑娘拿起那颗珠子向天空中一抛，金光刺得人睁不开眼睛。等阿大睁开眼睛再一看，阿二和那位姑娘已经换上了华丽的礼服，而就在他们面前，一座洁白的宫殿巍然屹立在那里。

　　阿大眼睁睁地看着弟弟过上了幸福的生活，追悔莫及。

望洋兴叹

相传很久以前，黄河里有一位河神，人们都尊敬地叫他河伯。河伯见大家这么尊敬他，十分高兴，不禁洋洋得意。他站在黄河岸上，望着黄河水的滚滚浪涛从西边奔腾而来，又浩浩荡荡地向东流去，兴奋地说；"黄河实在是大呀！世上恐怕没有哪条河能够与黄河相提并论了。那么说，我就是最大的水神啊！"这样说着，他的脸上出现了一种无视一切的神情。是呀，河伯现在骄傲着呢！不过，他是不是骄傲得太早了呢？

事情果真不出所料，不久后的一天，有一个人告诉他："河伯河伯，你的话不对，在黄河的东面有个地方叫北海，那才真叫大呢。要比黄河大好多倍呢。那里浪花排空，有十几米高，滔滔海水可以淹没整个大陆……"

河伯说："你这个人竟说大话，我不信，北海再大，它怎能大得过黄河？"

那人说："别说一条黄河，就是几条黄河的水流进北海，也装不满它啊！黄河与北海相比，只不过是九牛一毛呀！"

河伯固执地说："我没见过北海，我不信。"

那人无可奈何地说："有机会你去看看北海，就明白我的话了。"

秋天到了，连日的暴雨使黄河的河面更加宽阔

▲黄河

了，隔河望去，对岸的牛马都分不清。这一下，河伯更得意了，以为天下最壮观的景色都在自己这里，他在自满之余，想起了有人跟他提起的北海，于是决定去那里看看。

　　河伯顺流来到黄河的入海口，突然眼前一亮，海神北海若正笑容满面地欢迎他的到来，河伯放眼望去，只见北海汪洋一片，无边无涯，一眼望不到边，他呆呆地看了一会儿，才开始改变他那洋洋自得的神态，仰起头来深有感触地对北海若说："俗话说，只懂得一些道理就以为谁都比不上

▲孔子塑像

自己，这话说的就是我呀。我曾经听人说过，孔子的见闻学识不算多，伯夷的德行也没有什么了不起。以前我不信这话，现在我见到了你的广阔无边，才知道这话是真的啊。我今天要不是亲眼见到这浩瀚无边的北海，还以为黄河是天下无比的呢！如果不到你这里来，那就糟了。我将永远被道德高尚、学问渊博的人所耻笑了。"

河伯自高自大，以为自己是最大的水神，他只看见了黄河的宽广奔放，却没有意识到山外有山，人外有人。与一望无际的北海相比，黄河实在是小之又小。好在河伯认识到了自己的鄙薄，能够自省，才免于被真正渊博的人嘲笑。其实，世界上的大江大河有千千万万，要想成为最广阔的一条，必须要广纳百川。

鲲鹏展翅

在遥远的北方，有一片大海。蔚蓝的海水，平静的海面，幽幽的云朵，时而蜻蜓点水般的在海中啄食的海鸟，共同构成了一幅宁谧的画面。

就在这片大海里，生长着一种奇特的大鱼，它的名字叫做鲲。传说中，鲲很大，说不清楚有几千里（1里=500米）长。它在海里游水，你如果紧随其后，是根本看不见它的头的，当然，如果你在它的前面，也看不见它的尾巴到底在多远的后方。鲲在海底一个翻身，就会惊起千层浪，抖一抖，就会像海啸一般。大海中的鱼类都将它当作神明一般。

▲海与海鸟

后来，鲲变成了一只鸟，一只大鸟，它的名字叫做鹏。鹏的脊背，说不清有几千里。它的喙能够啄到百里以外的云朵，它的翅膀一振，可以撼动一片森林，它一降落，可以踏平一座小山……

有一次大鹏鸟发怒了，扇动翅膀飞了起来。它的翅膀像是遮天的乌云，瞬时间将太阳光严严实实地挡住了，只觉得天地间漆黑一片，狂风肆虐。鹏一直向南飞翔，搏击苍穹。它飞过了巍峨的高山，飞过了波涛汹涌的大河，掠过了宽广无垠的海面，一直飞到南海。

从那以后，大鹏鸟就像消失了踪迹一般，再也没有谁见过它了。大海中没有了鲲的身影，天空中也失去了它的痕迹。而在人们的心中鲲鹏展翅已经成为一个神圣的词汇。

远
古
海
洋
部
落

▲儒艮

据《山海经》记载，远在上古洪荒年代，在中国东海岸分布着很多各具特色的海洋部落。比如有一个叫做灌头国的部落，相传，他们是鲧的后代，又被称为灌朱国。灌朱国人的脸上长有鸟喙，背上长有一对翅膀，平时靠飞翔进行捕食，灌朱国是一个依靠捕鱼为生的海洋部落。长臂国里的人则如他们部落名字一样，个子不高，但是长长的手臂简直比身体都长，他们也如灌朱国人一样以捕鱼为生。正因为手臂长，他们的手臂就像鱼竿一样，向海里一伸就能抓到鱼。为此，《山海经·图赞》中说他们"双肱三丈，体如中人……长臂之民，脚修自负，捕鱼海滨"。

另一个比较著名的捕鱼部落叫玄股国，这个部落的人两腿全是黑的，所以这个部落被称为玄股国。他们擅长用鱼皮做衣服，因为喜欢吃鸥，所以在训练鸥鸟方面技艺非常高超，每个玄股人左右常常都会有两

75

只鸥鸟盘旋。

还有一个更为奇特的聂耳国。聂耳国的人长着两只又宽又长的大耳朵，耳朵大到走起路来左摇右晃，所以聂耳国的人都要两手托着耳朵走路。聂耳国处在大海之中，周围被大海围绕，海水里常有怪鱼出现。聂耳国人非常擅长驯服老虎，每个国人都有两只被驯服的老虎，他们让老虎做什么，老虎就会服服帖帖地做什么，因此聂耳族就用老虎在海边蹲踞守卫。

此外，还有一个大人国，这个部落的人要在母体孕育36年后才能出生，生下来时不仅身材特别高大，而且个个都擅长驾船操舟。

还有一种长得如童话中的人鱼一般的氐人国，这里的人长得像蛇一样，身体没有脚，上半身接近人类，但下半身像鱼，像极了传说中的美人鱼。

汤谷，是东海深处太阳升起的地方，汤谷附近的部落都处在炎热的海边或海岛里，所以那里的人是最不怕热的。位于汤谷附近的黑齿国，是一个与蛇有关的海洋部落。这个部落的人们皮肤、牙齿都是黑的，不但喜欢吃蛇，也喜欢玩蛇。因此他们的身边总有一条青蛇和一条红蛇盘绕。

在汤谷附近还有一个部落叫雨师妾国，居住在这里的人身体黝黑，两手各拿一条蛇玩耍，左耳穿青蛇，右耳穿赤蛇，也有传说说他们两只手各拿一只大鸟龟。

▲青蛇

除了东海岸的这些海洋部落，在《山海经》中还记载了一些深处大海之中、居住在四面环水的海岛上的岛国。按书中记载推论，这些岛屿可能是今天的瓯江口外的洞头岛或福建的平潭岛等。在这些海岛中，分布着离耳国、雕题国、伯虑国、北驹国等众多岛国。

先说离耳国，离耳国人的耳朵特别大，特别长，因此他们常喜欢把耳垂剪成几个叉，分成几股垂下来。这些部落的人，他们一般不吃五谷，完全以鱼和蚌为主食。虽然离耳国人的长相让人惊讶，但雕题国的风俗更加令人感到奇异，他们喜欢在额头部位刻上各式花纹，并且用草药把额头染成黑色。他们身体上会画上鱼鳞状的团，饮食习惯与离耳国相同，主食也是鱼、蚌等。

在东海大洋中，还有一个古老的海洋部落射姑国，那是列射姑山中的一个岛国。这个岛国并没有什么特别，但在这个岛国附近的大海上，有一个被一条河流从中穿过的洲，其上有一位仙人，不吃五谷，以呼吸清风、饮用露水为生。在其附近，还有一只奇大无比的蟹，这只蟹有千里之大。另外还有一种鲛鱼，长着人的面孔，实际是人鱼，就是现在的儒艮。

除了列射姑山外，还有个叫明组色的部落，也在东海中。但追根到底，在东海中最著名的还是蓬莱仙岛，传说岛上不但罗列玉台金阁，仙树繁花，还长有不老之药，住的都是神仙。据此描写，这蓬莱仙岛与当今的舟山群岛十分相似。就是因为这些传说，后世才有很多人想去蓬莱仙岛求长生不老药。

毫无疑问，《山海经》中的这些记载和描述，充满了夸张和神话色彩。

神奇的古鱼

在《山海经·山经·南山经》中记述了一座柢山，在这座山里溪流交错，却寸草不生。就是在这样的环境里，有一种形状像牛，尾巴像蛇的鱼。夜晚它居住在山坡上，发出的声音就像在耕犁的牛的叫声。这种鱼在冬季毫无生气，到了夏天它才复苏，据说吃了它可以不生痈疽肿毒，然而神奇的是在翼湖中有一种样子像鱼却长着人的面孔，叫声如鸳鸯的赤鱼，据说吃了这种鱼，可以不长疥疮。

在《山海经·山经·西山经》中记载着，在英山的禹水中有许多鱼，叫声如羊的鳖形鱼，在泰气山的观水中盛产文鳐鱼，形状如鲤鱼，令人惊讶的是它身上长着鸟的翅膀，黑纹布满全身，白色的头，红色的嘴，从西海到东海来回地游，还可以飞，不过喜欢在夜晚飞翔，当它飞翔的时候声音优美悦耳。这种鱼肉

▲鸳鸯

质酸甜，可以治疗癫狂病，叫吉祥鱼，它的出现预示着天下五谷丰登。

在乐游山的桃水中有一种形状如蛇、有四只脚、能吃其他鱼的奇怪的鱼。在鹰山的陵洋泽，有一种鱼身蛇头、六足两眼、形状如马耳朵的冉遗鱼，虽说样子吓人，可是据说吃它的肉可以逢凶化吉，纠正眯眼病。

还有一种生长在邽山洋水里的蠃鱼，它有翅膀，叫声像鸳鸯，轻易不会出现，出现在哪里，哪里有水灾。

在渭水里有一种样子像鳝鱼的鲨鱼，它的出现预示着战乱即将到来。郭璞在《山海经图鉴》中说："壮士挺剑，气激江涌，鲨鱼潜渊，出山民悚。"

在滥水中有一种很神奇的鱼，这种鱼像扣着水瓢子，形状如鸟，它的头、鳍和尾能发出磐石般的声音，每当发出这种声音，就会有珠宝从它身上掉下来，当真为"鱼中之珍宝"啊。

在《山海经·山经·北山经》中有一座名山叫求如山，山中滑江里有好多滑鱼，形状像鳝鱼，红色的后背，叫声如弹琴鼓瑟，据说吃了它的肉，可以治愈身上的肉瘤。在代山的笢湖里，有一种鱼，样子像鸡，全身长着红色的毛，有三条尾巴、六条腿和四只眼睛，声音像喜鹊，据说吃了这种鱼可以排解忧烦。

瞧明山的瞧水河，盛产一种身上长着四个脑袋，发声像河罗鱼的鱼，据说吃了它可以消除痛疽肿毒。

在涿光山的黄河水中，还有一种样子像喜鹊，身上长着十个翅膀的鳍鱼，鱼鳞全长在羽毛的尖端，叫声也像喜鹊，据说吃了它可以不生疟疾病。

太行山脉的洓水有很多种类的鱼，鱼身上长了四只脚，叫声像婴儿啼哭，据说可以治愈痴呆病。另外，在湖灌水中的鱼，绳水中的鱼，它们都很奇特，特别是师鱼，吃之前必须把它挂在树上用力抽打，待白色汁液流出才可以吃。罕见的是流水中的父鱼，鱼头猪身，据说可以治疗呕吐。

在《山海经·山经·东山经》中也提到很多怪鱼，食水中有一种黄底黑纹的鱼身，薄毛附在其上，叫声如猪嚎的鳙鱼；产于水中的箴鱼，嘴如针，据说吃了它可以免去疫病；生于减水中的鳊鱼，又叫黄颊鱼，尾巴长约一尺七八寸；鳛鱼形状如蛇，有翅膀在水中游来游去，它的出现预示着大旱；在清水中有一种壮如肺叶，长着四只眼睛、六只脚，脚上有珍珠的珠鳖鱼，《吕氏春秋》中也有记载。

在踵山下的深泽中有一种形状如鲤鱼，长六只脚，尾巴像鸟的鱼，它的呼声如呼唤自己。此外在沧体水中有一种秋鱼，据说吃了它的肉可以不生赘疣。

在《山海经》中较有神话故事情节色彩的则是在《山海经·海经·海外四经》所记载的三个传说。第一个是龙鱼传说。书中记载，沃野北面有一种龙鱼，既能生活在水中，也能在丘陵上栖息，它的样子像鲤鱼，但长了一只角。由于龙鱼水陆两栖，样子奇特，于是有猿甲人乘它去遨游九州。相传，古代皇帝乘着龙鱼去见西王母，龙鱼后来又演变为鲤鱼跳龙门故事中鲤鱼的原型。

第二个是人鱼传说，据《山海经·海经·海内北经》记载，大海中有一种长着人的面孔、有手、人身的鲮鱼，这是后人广为流传的美人鱼的雏形。

第三个是渔妇传说，传说海上有一种鱼，一半是人的形状，一半是鱼的形状，名为渔妇。渔妇的来历是芮烨死后复苏变化而成，芮烨是少吴之子，而他死去的时候，正好大风从北面吹来，海水被风吹得奔流而出，蛇变成鱼，而死去的芮烨便趁着蛇变成鱼还未变成鱼的时候托体到鱼的身上，由此复活，后来人们就把这种鱼叫做渔妇。

▼河豚

妈祖的故事

妈祖出世

妈祖是传说中中国南方沿海渔民的守护神，她保护着南来北往的渔船不受大风大浪的侵扰，受到了渔民们的尊敬。传说，妈祖还有一个俗家的名字叫做林默。她的名字里面还有一个小故事呢！

传说，一天观音菩萨带着仙女和仙童下凡去考察民间生活的疾苦，当他们走到南海的时候，发现天空中的白云变成了一片黑漆漆的乌云。观音菩萨很纳闷，于是便带着仙女和仙童一看究竟。观音菩萨踏着云雾走到一块黑云的上方，轻轻一点，那块乌云就向两边散开了。菩萨低头一望，发现南海中有几只渔船被大浪掀翻了，船上的渔民都落进了海水里，成为鱼虾的食物。岸边，这些渔民的父母、妻子和孩子哭得死去活来，景象十分悲惨。

观音菩萨看到这番景象后，心中隐隐一阵阵疼痛。仙女在旁边安慰道："菩萨，您别太难过了，这是大自然在作祟，你我都没有办法啊！"菩萨点点头，没有回答。观音菩萨疑惑不解，为什么南海突然间会有这么大的风浪呢？于是菩萨掐指算了算，发现作祟的根本不是大自然，而是南海海底的一条恶龙。观音菩萨转过头对仙女和仙童说道："人间的生活本来就很疾苦，这些妖怪竟然还在这里作祟。我们如果不把他们彻底铲除掉，那么南海的渔民们将永远过不上好日子。"仙童听了师父的话，在旁边劝解道："师父，神仙不是万能的。我们现在也无能为力，还是去其他地方看看吧！"

菩萨点点头便带着仙女、仙童又踏着云雾继续向前走。他们没走多远看见下面有一座寺庙，于是决定下去听听百姓的声音。

寺庙的人很多，广州巡检林愿也带着自己的家人，来这座寺庙祈福。这时，观音菩萨已经和寺庙里的一尊雕像融为了一体，她还特意嘱咐仙女、仙童把百姓诉说的每一件事都记下来。林愿的夫人进来后，便跪在一尊佛像前祈求道："救苦救难的菩萨，您帮帮我们吧。我们林家有五个孩子，可是男孩只有一个，而且这个男孩还得了不治之症，整天傻呆呆的。为了后续林家的香火，望大慈大悲的菩萨再赐我们一个男孩儿吧！我们林家以后必定多做善事，不让菩萨失望。"

观音菩萨听到林夫人的祈求后，心里面便有了对策。她回头对仙女说："仙女，林家世代都是一个乐善好施的家族，一家人为人也很慈善，这次前来求子嗣，你看我们是否答应他们啊？"仙女有点惊奇师父为什么问自己，便不解地回答道："师父，这件事您来定吧，为何要问徒弟的意见呢？"

"徒儿，为师是想让你投胎到林家，一方面可以了结林家的夙愿；另一方面又可以降妖伏魔，帮助南海的渔民们过上好日子。你愿意前去吗？"

"徒儿愿往。可是师父，我到了凡间就丧失了所有的法力，这让我如何降妖伏魔，如何救助百姓啊？"

"你不用担心，我会派你的师兄去帮助你的！"

这时，仙童也在一旁说道："是啊！师妹，你安心去吧，师兄会助你一臂之力的！"

　　说来也奇怪，自从林愿带着自己的家人到寺庙祈福后不久，林夫人就怀孕了。十个月很快过去了，林夫人眼看就要分娩了，整个林府也跟着忙碌起来。大家等这一天已经等了很久，都期盼着林夫人能够生下一个男孩。这时，观音菩萨令仙女快快去投胎转世。于是仙女辞别菩萨，便驾云远去了。

　　林家的产房突然惊现一道红光，继而又听到"轰隆"一声巨响。林家被这些怪异现象吓坏了，他们不知道里面到底发生了什么事情。这时，一个小丫环急匆匆地跑出来对林愿说："老爷，夫人生了一个千金。"林愿听后，一阵痛苦，心想难道老天真的要我们林家断后吗？这时，林家红光闪闪，邻居们以为失火了，纷纷带着木桶前来救火。大家到了之后才发现什么也没有，等问明白后，他们纷纷向林愿道喜。

　　本来，家里生孩子是一件高兴的事，可这已经是林夫人生的第五个千金了，所以林愿心里面特别不痛快。而且这个小女儿自从生下来后便不哭不笑。林愿看着自己的女儿，心想自己的孩子可能是一个哑巴。便决定把她丢到荒山野外去。

　　这一天，林愿趁着夫人不注意，便偷偷地带着自己新生的女儿出门了。他走了很长的路，终于找到了一处偏僻的荒野。正当林愿准备把孩子丢下的时候，一位僧人从对面走来，这位僧人对林愿说道："施主，何必要杀生啊？这么好的孩子应该好好抚养才是！"

　　林愿看了看自己的孩子回答道："师父，不是我狠心丢掉她，而是我家已经有四个女孩了，现在又多了一个，而且还是个哑巴，我们实在是不想要啊！"

▲寺庙

　　这位僧人看了看林愿怀抱里的小女儿说："施主，可否让贫僧看看？"

　　"给你，如果这个孩子能够说话，我就带回家去抚养；如果她不能说话，我就没有办法了。"

　　僧人接过小女孩，放到自己的怀里，这时小女孩就又笑又闹的，根本不是一个哑巴。林愿见后，心里感觉很奇怪，他从僧人手里接过自己的女儿，发现其实自己的孩子还是很漂亮的，于是便拜别僧人回家去了。其实，这位僧人就是仙童。

林愿回家后，就给自己的小女儿起名叫林默，林默就是后来的妈祖。

窥井得天书

林默年轻的时候，经常去海边玩耍。在海边林默会为出海的渔船提供一些淡水，为归来的渔船搬运捕获的食物。时过境迁，大家都认识了这个女孩，于是她就有了一个被大家称呼的名字"林默娘"。

有一天，海上刮起了大风，几只出海捕鱼的渔船不幸被海风吹翻了。几天后这些船只的残骸被刮到了岸边，残骸上还写着"循洲"。家属看到这些残骸的时候，哭得昏天暗地，因为他们明白，看到这些残骸就等于自己的亲人不可能回来了。还是小姑娘的林默看了之后非常伤心，她告诫自

▼井

己，即使牺牲了自己的生命，也一定要制服这些恐怖的风浪。她非常希望用自己的努力来保护渔民的安全。可是林默还是一个小姑娘，她无能为力，也不知道该怎么办。于是林默就天天跑去海边记录，观察海面的风向变化、潮起潮落。

有一天，海上又刮起了大风，下起了大雨。这时的林默正在海边记录着天气的变化，她身边还有一只可爱的小狗。林默只注意到海面的变化，却不知道危险正一步步地向她走来。在海的对面有一座普陀山，山上有一位菩萨，就是观音菩萨。当林默在海边时，观音菩萨算出了林默要出事，于是菩萨立即吩咐仙童，让他去帮助林默。临走时，观音菩萨还特意叮嘱仙童如何去做。仙童在收到菩萨的命令后，直接飞往林默所在的小岛——莆田湄洲岛。

仙童到了小岛后，为了不暴露自己的身份，就变成一位老者，走到林默的身边。仙童观察了一会儿问道："现在刮这么大的风，你不怕吗？"林默回过头去，回答道："我在记录大海的天气变化，什么时候刮风，什么时候下雨。等我总结出来就可以保护海上的渔民了！"

老人说："看不出来，你小小年纪就有这么好的心肠啊。这是一件很辛苦的事情，你一定要有决心啊，只要你努力就一定会成功。"

"谢谢您提醒，我会努力的！"林默谦逊地说。

"孩子，如果你真希望渔民们过上好日子，你需要每天对着井默诵《观音经》，在三七二十一天后，你就明白了。"仙童把话说完，头也不回就走了。林默看着消失的背影陷入了思考。

从那以后，林默就开始对着一口井默诵《观音经》。林默完全遵照老人的提醒，不分昼夜，不分晴雨，一心念经。仙童也经常来看林默是否专心，看林默是否遇到了什么困难，以便自己可以出手相助。观音菩萨为了考验林默，也时常派仙童去变化一些事物迷惑林默，有时候，仙童变成一个风度翩翩的公子，在林默旁边作弄她；有时候会变成令人恐惧的老虎、蛇等。不管仙童如何变化，林默依旧安心默诵《观音经》，两耳不闻窗外事。就这样二十一天过去了，就在最后一天，林默的姐姐们来找她玩，看见林默痴呆的样子吓了一跳。她们看见自己的小妹妹双手合十，安静地坐在那里一动也不动，心里觉得很奇怪，于是她们就一起喊了起来："阿妹！"

林默听到有人喊她，便回道："来了！我在这呢！"林默刚说完话，井里面就闪现出一道道的金光，而且还冒出一股浓烟。站在旁边的姐姐们看到这幅情景"哇"地叫了一声便昏过去了。林默睁开眼睛，看到在井口竟然有一只乌龟，而且这只乌龟的背上还背着一本书。林默拿过这本书发现这是一本金书，而且里面一个字也没有。就在这个时候，仙童又变成了那个老人来到她的面前说："好啊，好啊！你终于拿到了这本无字天书。天庭送你这本书，可能是因为你的善良和坚持。不管你以后遇到什么困难、麻烦，只要默诵《观音经》，你就会知道解决问题的方法了。"

林默听在耳里，记在心里。她手捧天书上前感谢："多谢前辈对我的提携！"就在这时，一阵风刮过，老人就不见了。

过了一会儿，林默的四个姐姐醒了，可是她们并不知道发生了什么事情，只是很奇怪妹妹手里拿着一本没有字的书！林默看着自己的姐姐们，知道她们在想什么，于是笑了笑说："姐姐们，不用管这本书了。我们去海边玩儿！"

以后，不管林默遇到什么困难，她都会去翻看那本天书，那本天书也帮助林默解决了很多事情。

收服晏公

东海有一个海神，人称"晏公"。

有一天，林默为了给一个小岛上的渔民看病，便坐着渔船出海了。这只渔船在海里航行时，海面上突然刮起了大风，海浪一波比一波高。林默坐的那只渔船就像一片树叶，在狂风大作的海里飘飘荡荡。这时坐在船上的人非常害怕，他们一个个跪在船头，祈求上天能够保佑他们。就在这时候船上的艄公喊道："桅杆快断了，怎么办啊？"林默看着恐慌的人们，便大声喊道："大家不要害怕，我们会安全的！"然后回过头来对艄公喊道："快把船帆降下来！"

大家都觉得林默说的有道理，于是他们就按照林默的办法，把船帆降了下来。船帆降下来后，渔船也慢慢平稳下来了。

林默看见渔船暂时安全了，便走到船头想看个究竟。她举目望去，发现海里面有一个妖怪。这个妖怪满嘴都是胡须，眼睛瞪得吓人，脑袋上还带着黄金打造的皇冠，身上穿的是绫罗绸缎，骑着一头海豚，在海里面沉沉浮浮。这个妖怪看见林默站在船头，就开始作怪，他又让海面刮起狂风，掀起大浪。林默所坐的那只渔船又开始剧烈地晃动。她知道这肯定是那个妖怪在作祟，于是林默就开始念咒语并取出一张写着符咒的纸向海面丢过去。就在这时，天逐渐变晴，风没了，浪也没了。妖怪看到这些便骑着海豚溜走了。

妖怪虽然输了，可他并不甘心，于是他又变成一条黑色的恶龙，张牙舞爪地在海面上翻云覆雨。林默见那只妖怪还不肯收手，心里暗想：我放了你一次，你却不悔改，还在这里作恶，如不抓住你，你肯定还要继续为害一方。于是林默又一次念起咒语开始施法，这时符咒变成一张大大的渔网飞向黑龙。

黑龙原本闹得正欢却突然间被一张渔网罩住了，于是他来回翻滚，希望把渔网扯破，可是即使他使出全身力气，渔网还是紧紧地包着他，始终逃不出去。妖怪知道了林默的法力很大，便乖乖地出来见林默。林默看见那个妖怪就直截了当地说："你是哪里的妖怪，敢在这里作祟危害百姓？"妖怪回答道："我是东海的海神，今天在这个地方巡逻，看见你独自站在船头，于是便想施法术吓吓人，没想到却被你抓到了。你还是放了我吧！"林默听了之后怕他骗自己，于是在收起了缚在妖怪身上渔网的同时又丢过去一根绳子。妖怪不知道林默要干什么，便伸手抓住了那根绳子，可是没想到那根绳子立即将妖怪捆住，还不断地缩紧直到妖怪动也不能动。那个妖怪没有办法便求饶道："我认输了，你还是放了我吧。我听你的。"林默听了之后便说道："放了你可以，你必须答应为我做一件事。"

妖怪急忙答道："好，你说吧，我照做就是了！"

"东海附近一直狂风乱作，在这里打鱼的渔民经常翻船落进海里。所以你以后要在这里巡逻，保护渔民和渔船的安全，你是否答应啊？"

"我答应，我答应！"

于是林默念起咒语，收了绳子。

那个妖怪向林默跪拜之后便化作一股青烟飘走了。

这个妖怪就是东海海神晏公。现在在妈祖庙里还能看见他，他就是那尊黑脸鼓眼的菩萨。

自从被妈祖驯服之后，晏公便协助妈祖保护海上渔民的安全。

妈祖降妖

传说在古代湄洲岛附近有一个小岛，小岛上住着两个妖怪，一个叫做嘉应，另外一个叫做嘉佑。这两个妖怪常会埋伏在路上，趁行人不注意便摄取人的魂魄。他们不仅在陆地上作威作福，而且经常出没在海里兴风作浪，掀翻渔船，残害渔民。

一天傍晚，海面上驶过一艘大船，船上载满了各地来的游客。嘉应和嘉佑两个妖怪看见后便决定要掀翻客船，在这片海域兴风作浪。于是他们便紧紧跟着这艘客船。就在这一艘船从浅水区驶到深水区的时候，这两个妖怪觉得时机到了，他们便施展法术。没多久，海面上刮起了狂风，大风掀起了大浪，重重地打在了客船上。

就在这时，天空中划过一道白色的亮光，然后就是一阵阵的闷雷。不久，风停了，海里面也没有了大浪，人们也感觉到船平稳了一些，大家都很兴奋。就在这艘客船不远处，人们发现一只小船在浪花中来回翻滚，一个漂亮的小姑娘正站在小船的船头。嘉应、嘉佑两个妖怪看到了这个漂亮的小姑娘，心中想哪来的这么漂亮的小姑娘，她的肉一定很好吃，于是嘉应、嘉佑两个妖怪便把客船丢在了一边，向那一只小船游了过去。

可是，不管嘉应、嘉佑两个妖怪用多大的力气去追，却总是追不到小船。那只小船好像有灵性似的，两个妖怪追得快，小船就跑得快；如果两个妖怪追得慢，那只小船也慢悠悠地在前面晃。两个妖怪被这只小船气得破口大骂，他们追了一阵儿后，忽然间发现那只小船向岸边驶去了。两个妖怪看见小姑娘要上岸，心里面暗暗自喜，因为岸上是一片荒野，没有什么可以隐藏的地方。

这两个妖怪看到岸上的环境心里想着，我们在海里面追不上，到了陆地上我们两个前后夹击，肯定能够抓住那个小姑娘。他们赶紧爬到岸上去追，可是那个姑娘并没有逃跑，而是抬起双手对着两个妖怪的脸轻轻拍了一下。瞬间，这两个妖怪就感觉脸上好像被什么东西重重地撞击了一下，两眼直冒金星，两条腿也不听使唤，好像灌了铅似的抬不起来。这时就听见"扑通"一声，这两个妖怪竟然跪在了小姑娘的面前。妖怪没有想到自己横行霸道这么多年竟然败给了一个小姑娘，他们心里面很不服气，决定再和这个姑娘打一次。嘉应、嘉佑相互给对方一个眼色，然后他们就一起跳起来。可是他们刚刚跳起来，小姑娘就眼疾手快点了他们的麻穴，这两个妖怪又一次重重地跪在了地上。嘉应、嘉佑两个妖怪知道打不过这个姑娘，便求饶道："姑娘饶命，姑娘饶命。我们以后再也不敢了！"那个姑娘根本就不看这两个妖怪，轻轻地"哼"了一声转身就走。

嘉应、嘉佑两个妖怪急忙爬起来，施展法术朝着小姑娘坐的那只渔船飞去。他们二人为了追上那个小姑娘，便拼命地飞。过了好一会儿，这两个妖怪终于追上了小姑娘。小姑娘看到这两个妖怪追上自己，心里很奇怪，便开口问："我不是放你们走了吗？你们还追着我干吗？"嘉应、嘉佑立马跪在船头回答道："我们知道自己以前犯下了滔天罪恶，可是姑娘对我们这么仁慈，我们决定痛改前非，再也不为非作歹了。我们希望在您手下效劳，希望您能收留我们！"

这个小姑娘就是林默，也就是妈祖。她使用自己的聪明才智降服了这两个妖怪。于是妈祖对着两个妖怪说："只要你们能够痛改前非，一心向善，我是可以收留你们的。"

从此，嘉应、嘉佑两个兄弟就跟着妈祖一起为渔民保驾护航。

妈祖收两妖

林默在菩萨和师兄的帮助下，经过自己艰苦的修炼，终于学会了法力。这个法力可以使林默的灵魂脱壳，就是说林默的身体还在原地，可是灵魂能够脱离肉体去远处巡游。林默经常使用这个法力帮助在海上遇难的渔民，所以这里的百姓都称林默为"仙姑"。

说完了妈祖，我们再说一下这两个妖怪，他们一个眼睛巨大，如果完全睁开直径有一个碗那么大，这个妖怪可以看到千里之外的事物，他叫做高觉；另外一个妖怪耳朵如蒲扇，可以自如地收缩，能够听到万里之外的声音，这个妖怪叫做高明。他们原本是天上的神仙，因为贪恋美色被玉皇大帝打入凡间。于是，高觉、高明兄弟二人便逃入梅花山，成了为非作歹、鱼肉百姓的妖怪。梅花山附近的百姓没少受他们两个的苦，当听说林默有法力之后，他们便到林默家，求林默收服那两个妖怪。

林默听说梅花山这两个妖怪为害乡里之后，便下决心一定要擒住这两个妖怪，还百姓一个安定的生活。

这一天，林默和几个女孩子一起，到梅花山上去看花。高觉、高明两个妖怪闲来无事，在山上转悠，当他们看见这些女孩子之后，便走上前去调戏这些姑娘。林默见这两个妖怪终于出来了，便怒声呵斥道："你们这两个妖怪，看你们往哪里逃？"妖怪见林默这些姑娘们见到自己没有逃跑，便感觉不妥当。于是，他们就腾空而起，化作两个长着虎脸、人身、马腿的怪物。他们张开血盆大口，从嘴里喷出团团大火。林默见这两个妖怪变换成另一种模样，心里也不惊慌，只见她将自己手中的红丝绢抛向空中，瞬间，这个丝绢就变作一捆细细的绳子，这绳子似乎有生命似的，自己飞起来把两个妖怪拴住了。两个妖怪知道自己不是林默的对手，也知道现在逃跑已经来不及了，便跪在林默面前求饶。林默看着这两个妖怪并警告他们说："这次，我就放你们一马，如果我再听说你们出来欺压百姓，鱼肉乡里，我决不轻饶！"

就这样过了两年，两个妖怪把林默的警告忘得一干二净，他们又跑出来了，不过这次他们没有危害附近的百姓，而是去南海兴风作浪，他们以为这样林默就没有本事管他们了。南海的渔民被这接二连三的风浪搞得网破船翻，他们没有办法，只得再次去找林默帮忙。林默知道又是这两个妖怪在作祟，可是如果不查到他们的来历，是很难将他们制服的。于是，林默翻开菩萨赐予的天书，天书中记载着，这两个妖怪原本是北方的水星和金星所化，想要除掉他们就必须使用五味真火来攻击他们。

不久之后，这两个妖怪又出来作祟，他们在海上掀起了大浪，掀翻了渔船。林默突然心头一痛，知道这两个妖怪出来了，于是便灵魂脱壳，飞向大海。没飞多远，林默就看见了那两个妖怪，于是便口念经文，施展法力，从掌中喷出一股五味真火。两妖怪看见五味真火，知道自己又输了，他们只得乖乖跪在林默面前认罪。他们称愿意改邪归正，听从林默的指挥。林默问他们有什么本事，高觉作为哥哥抢先回答道："禀告神姑，我叫高觉，我能够看到千里之外的景象，这是我弟弟高明，他能够听到万里之外的声音。人们也称呼我们为千里眼和万里耳。"

从此以后，这两个妖怪就成为林默的部下，他们经常使用自己的本领去帮助林默出海救人。只要在海中遇难的人呼唤妈祖的名字，万里耳都能够听到，千里眼也能够看到，然后他们把情况告诉林默并立即前去营救。

铁马渡海

林默是二十八岁的时候升天成为神仙的，在她十八岁的时候，林默就已经见过很多次海难，每发生一次海上事故，林默的心就痛一次。有一次大海啸，是林默最难忘的。在那次海啸中，小岛上所有的渔船都被掀翻了，出海捕鱼的乡亲们一个也没有回来。这些乡亲的家属天天跪在沙滩上，歇斯底里地哭着、喊着。林默看到自己的乡亲如此这般，心

▲铁马

里面犹如针扎。

　　一天晚上，原本沉睡的林默被一阵马叫声吵醒。她心里十分诧异，这岛上的百姓都是使用渔船的，可从来没见过马呀，今天这是怎么了？林默为了一探究竟，便穿上衣服走出家门，她发现在这个渔村的村头有一棵古榕树，古榕树下有一匹用铁浇铸成的马，而且这匹铁马也不知道是什么时候的了，虽然气度非凡但上面早已锈迹斑斑。可是这是一匹铁马，它怎么可能发出叫声呢？林默心里面很纳闷，为了弄清真相，她决定明天再来这里看一次。

　　第二天夜里，林默躲在门后面，静静地等待着，侧耳倾听。果然，没过多长时间，林默又听见了马叫声，而且她很肯定，这次马叫声就是从村东头传来的。林默急忙跑出家门，来到渔村东头的那棵老榕树下面，她走近那匹铁马，惊奇地发现这匹已经锈迹斑斑的铁马竟然长出了新的细毛。林默很好奇，于是她伸出手，摸了摸，发现原本冰凉的铁马现在却有了一点温度。难道这匹铁马复活了吗？林默继续绕着这匹铁马观察，这时她发现这匹铁马竟然对着自己摇了摇头，眼睛一眨一眨的，嘴里还喷出了白白的雾气，长长的马尾也轻轻地摆动着。林默从未骑过马，于是她决定骑上这匹铁马，看它是否真的可以动。林默翻身骑上了大马，一只手里紧紧地攥着马缰，另一只手轻轻地拍了一下马背。突然，这匹铁马发出一声嘶叫，昂起头颅，开始奋力奔跑。铁马驮着林默离开村庄，跑向一望无际的大海，即使在海面上，铁马依然像在平地上一样驰骋。林默驾驭着这匹铁马，想让它往东跑就往东跑；想让它往西跑就往西跑。就这样，林默和铁马跑了整整一夜后才回到村庄。林默向后一扯缰绳，铁马就乖乖地站在那里不动了。林默心里十分高兴，她想，以后不管什么地方的百姓遇到困难

▲妈祖像

都可以去救了，再也不会无能为力了！

从此以后，林默就常常骑着这匹铁马在海面上来回驰骋，去营救那些被海风、海浪掀翻入海的百姓！从此，岛上的百姓过上了和平、宁静的日子。

十年后，林默成为神仙，那匹铁马也跟随林默去了。一直到现在，人们在妈祖庙里面还能够看到那匹黄褐色、英勇神骏的铁马。

妈祖升天

一天傍晚，林默一个人独自走在沙滩上，心里十分焦急，因为她一直记得和菩萨约定的时间为十六年，现在离约定的时间越来越近了。林默实

▲蓬莱阁

在不愿意就这样离开养育自己十六年的父母和从小一块儿长大的伙伴们，可是另一方面师命难违，自己不能违背诺言。林默陷入了两难的境地。她看看天，看看大海，始终想不出一个两全其美的办法。就在这时，一位得道高僧不知什么时候来到林默面前，深沉地说道："林默，为什么一个人在这里散步啊？"

林默抬起头，看着这位面目慈祥的高僧说："圣僧，我和观音菩萨约定要用十六年来拯救百姓，眼看这时间就要到了，可我还不想离开，还想在这里待几年。"

高僧问道："为何现在不愿离开啊？"

"现在虽然暂时太平了，可是谁又敢保证这里再也没有妖怪作祟，再也没有渔船被掀翻呢？为了这里的百姓，我想再待一些时间。"林默回答道。

"贫僧明白了。你要想留在这里其实也没什么难办的，你当时和菩萨约定的是以二八为期，二八可以理解为十六，也可以理解为二十八啊。这样你就可以再留在人间十二年了，而且还不违背师命，这不就一举两得了吗？"

林默听完高僧的话，觉得很有道理，就继续留在岛上造福乡里。

不知不觉，十二年又过去了。一天晚上，林默在梦里见到了观音菩萨。观音菩萨对林默说："仙女，你我约定的日期早就到了，为何你迟迟没有来报到啊？"

林默赶紧跪在地上回答道："禀告师父，弟子为了能够多为百姓做几件善事就又在人间逗留了十二年，望菩萨恕罪。"

"既然你是为了百姓着想，为师也不能责怪你。现在百姓都过上了幸福的生活，你也该回来了，你可在九九重阳节那天归来。"说完，观音菩萨便驾云而去。

第二天早上，林默从梦中醒来，知道明天就是九月初九，是自己要离开的日子，便起床梳洗打扮，然后为自己的父母和兄弟姐妹们做了最后一顿饭。在吃饭的时候，林默告诉自己的亲人，明天就要出远门，可能再也不回来了。父母和兄弟姐妹们很奇怪，为什么林默说这样的话，可是不管他们怎么追问，林默再也没有说一句话。吃完饭，林默走遍了岛上的每一家、每一户，一一和他们道别说："明天是九月九重阳佳节，我想到山上去祭拜，可能很久也不回来，希望你们别等我了。"

第二天一大早，林默悄悄地离开了自己的家，离开自己待了二十八年的海岛，独自一个人来到山顶，找了一块干净的地方坐了下来，向苍天祈求，祈求各位神仙能够保佑岛上的所有百姓，就这样，一直祈祷到傍晚。这时从东边飘来一些彩云，原来是观音菩萨来接林默了。于是林默的灵魂便脱离躯体，随着菩萨远去了。

找不到林默的家人和乡亲们都很着急，最后大家决定到山上去寻找。当大家来到山顶时，只看见林默面目慈祥，安静地坐在一块儿石头上，好像睡着了，可是大家心里都明白，林默再也回不来了。大家心里十分难受，纷纷跪倒在地，号啕大哭。那位得道高僧听见百姓的哭声便来劝解道："乡亲们，你们别哭了。林默这是升天去了，大家不应该悲伤啊，相反大家还应该为她立一座庙，我们可以祈祷她的神灵保佑海岛，保佑所有的平民百姓啊！"

乡亲们听完，都觉得高僧说的有道理，便纷纷擦去了眼泪。

第二天，岛上就出现了第一座妈祖庙，在这座庙里，还塑了一尊妈祖的神像。从此之后，已经成为神仙的妈祖时常回到岛上，继续保佑着岛上的百姓。

雾海神灯

在我国明朝，有一位家喻户晓的人物，他就是郑和。郑和七次下西洋成为中国主动走出海外的开端。在明朝永乐三年（1405年），郑和第一次下西洋，这一次他是和另外一位舰队指挥张生一块儿去的，他们带领了大队的商船，载了巨量的货物，从泉州港出发，一

▲郑和塑像

▲郑和宝船模型

路向南，当商船经过台湾海峡的时候，他们碰到了海盗。海盗经常在这附近的海域作祟。这些海盗都是一些没落的武士或者不得意的将领，他们个头虽然矮小，但是个性十分残忍，他们对任何过往的船只都实行三光政策，即杀光、烧光、抢光。郑和他们的商船被几十艘海盗船围住，而且这些海盗船上都装备了当时最先进的火炮。这时，船员都慌了神，郑和虽然也很焦急，但是作为船队的指挥，他必须冷静。于是，郑和就大声对船员喊道："大家不要怕，这些只不过是海盗而已，我们有强大的洪武大炮，而且我们这次出使西洋是奉了皇帝的旨意，虽然我们暂时被海盗围住了，可是我相信，只要我们大家齐心协力，就一定能够突围出去！俗话说，置之死地而后生，我们已经到了无路可退的地步了，如果我们再不反抗，那等待我们的就只有死亡。"

　　船员们听到郑和这一番话，都打起了精神，准备和海盗决一死战。在开战前，郑和带领所有船员，一起向东方跪拜道："祈求妈祖保佑，我们此次原本是奉皇帝旨意出使西洋，和西洋各国交好的。可谁曾想到在这竟然碰到了海盗，我们也是迫不得已才出战的。祈求妈祖和各路神仙保佑我们平安，保佑我们的任务顺利完成。"祈祷过后，郑和站在船头开始发布一道道命令，而商船也纷纷露出自己的火炮开始进攻。这时，风浪特别大，郑和的船队处在了海风的下风向，逆风而行确实困难；海盗的船却是顺风顺水，所向披靡，这样下去对商船很不利。果然，没过一会儿，三艘商船就被击沉了，还牺牲了一些士兵。有的船员被吓坏了，他们想绕开海盗的船，不从正面进攻。郑和看见后，大声斥责了这些船员并大声喊道："你们不要忘了，我们身上肩负的是重要的使命，而且妈祖也在保佑着我们，区区几艘海盗船就把我们吓趴下了吗？"说完，郑和就要带着剩下的船只和船员冲上去和海盗拼命。就在这时天空中传来一个很动听的声音把战士们给拦了下来："这里的风浪太大了，你们这样冲上去只是白白送死，千万别贸然进攻啊！你们现在可以趁着大雾顺流而下，虽然会耽搁一些时间，但是至少可以保证大家的生命安全啊！"

　　郑和听完天空中的声音，心中一下子明白过来，他急忙向天空中望去，只见在这雾茫茫的天空上竟然有一盏小小的红灯，虽然红灯很小，但是很亮。郑和心中惊喜异常，他转过头对舵手喊道："向着那个小红灯前进。"然后又对下面的船员喊道："兄弟们，这是妈祖在保佑我们啊！"

　　船员们听完，心里面也十分高兴，信心和勇气倍增。海盗们怎么也不明白，刚刚还被打得狼狈逃窜的明朝商船怎么突然间这么勇猛，而且就连海风也开始转变了，他们开始慌乱，急忙调转船头想逃跑。郑和站在船头看清了敌人的慌乱，便亲自上阵，乘胜追击，打得敌人溃不成军。

最后，明朝商船追杀海盗一百余人。

得胜后，郑和带领船员再一次向天空跪拜，感谢妈祖的救命之恩。

乾隆拜妈祖

乾隆一生之中六下江南，看遍了南方的一草一木。在他第四次下江南时，路上一直有人在说，妈祖特别灵验，于是乾隆便带着小太监去一看究竟。

那是一个夏天的下午，天气很热，也没有一丝风，乾隆和太监来到一个港口后，就坐在一个小茶庄等渡船，可是他们等啊等，一直等到天完全黑了也没有看到一只渡船。

这时，随行的太监就向乾隆抱怨道："皇上，你乃九五之尊，何必为了一个小小的海洋保护神来此地探访呢？你为何要受这份罪啊？"这时乾隆也无可奈何，可毕竟自己的尊严在那，他便不经意地回答道："我们已经到这了，俗

▲乾隆画像

话说，既来之则安之，我们还是到岛上看看吧。如果妈祖真的那么灵验，我们就再为她重塑金身，如果徒有虚名的话，我们就砸了她的庙，毁了她的雕像。"乾隆刚刚说完这句话，一只小船就从海面上漂了过来。这只船上有一位老翁和一位姑娘，老翁面目慈祥，十分和蔼；那位姑娘也长得十分漂亮，头顶上盘着一道顺风髻，身上穿了一身洁白的衣裙。乾隆看后，

▼海不扬波匾

情窦大开，两只眼睛一直盯着那位姑娘看。这时，乾隆旁边的太监看见主子这副模样，便拉拉乾隆的衣襟，要他注意自己的形象。然后，这位太监对老翁说："老伯伯，请你行个方便，把我们载到岛上吧，我们会给您钱的。"

老翁听完后，对他们说："你们放心吧，我们就是这里的渡船，只是

今天天气太热了，我们才出来晚的，你们快上来吧。"

于是乾隆带着太监走上了这只小船。老翁在小船的后面摇橹，那位姑娘则在前面掌舵。小船刚刚来到大海中间，一阵海风吹过，小船就被吹得东摇西晃。太监心里暗想，这次恐怕自己要把命葬送在海里了。乾隆毕竟是见过大世面的人，虽然没有太监那样出洋相，不过自己的脸色却是惨白惨白的。再看这位老翁和那位姑娘，他们却像没事人一样，有说有笑的。老翁看见他们被海风吓成这样便安慰道："你们不必惊慌，我们这里的小船是由妈祖护佑的，不可能翻船的，即使翻了船，妈祖也会在第一时间来救我们的！"乾隆觉得自己很丢人，便站起来，走到船舱之中。乾隆发现船舱内供奉着一位神仙，而且这位神仙和小船的那位姑娘长得一模一样，乾隆知道自己冒犯了妈祖，便赶紧走出来跪在船板上反省说："妈祖在上，请赐予我平安吧，如果可以实现，我们自当长久供奉您。"

乾隆刚刚反省完，海面上的大风就消失了，小船在平静的海面上飞快地行驶，没过多久就到了岛上。这时，乾隆邀请老翁和那位姑娘陪他们一块儿去妈祖庙烧香。父女两个见乾隆这么诚恳便答应了。乾隆在妈祖的塑像前久跪不起，感谢妈祖保护自己平安。

乾隆南巡结束回北京后，心中一直记挂着妈祖的恩典，他也不敢食言，于是就写下了"海不扬波"四个大字并悬挂在妈祖庙前。

在东海边有一个美丽的村庄，村子里面有农民，也有渔民。他们每天一大早就下地干活或者出海捕鱼，到晚上大家才回来。虽然辛苦，但村子里面的人却很幸福，因为大家互相帮助，邻居和睦，与世无争。

在这个美丽的村庄里面住着一个很丑的孩子，这个孩子的父母在他很小的时候就去世了，他一个人独自生活。尽管他是一个人，可他却是这个村庄里面最勤劳的一个，每天他是全村最早下地干活的人，也是最晚回来的那个。他任劳任怨、勤勤恳恳地种着属于自己的一片田地。因为这个孩子勤奋，每年他都能收获很多粮食。

就这样，几年过去了，这个小孩子也长成了一个小伙子。看着村里面年龄和自己相仿的伙伴们一个个娶妻生子，他也想找一个适合自己的妻子，即使她不美丽，也不温柔。于是这个小伙子去找村子里面的媒婆王大娘给他说亲。可是媒婆王大娘也很为难，因为这个孩子长得太丑了，所以没有一个姑娘愿意嫁给他，王大娘很委婉地拒绝了他。这个时候小伙子开始注意自己的面貌，以前自己还小并没注意太多，可现在长大了，每当他在水里看见自己的倒影时就会很伤心，因为他也感觉自己太丑了。

时间就这样一天天过去。有一天傍晚，当这个小伙子从田里回家的时候，发现海边的沙土里有一个美丽的海螺，这个海螺的周围绕满了一圈圈的红纹。小伙子看到这个海螺心里面十分高兴，于是便把它带回了家。小伙子回家后小心翼翼地将海螺放到水缸里面。晚上，小伙子还是一个人吃饭，吃完饭他坐在家里面看着一整屋的粮食心里很难受，他哀叹道："我要这么多粮食有什么用啊，没有人愿意和我一块儿吃饭，一块儿劳动，我该怎么办呢？"小伙子语音刚落就听到一个女孩的声音："我愿意和你一块儿吃饭啊。"小伙子被这突如其来的一句话吓傻了，他向四周看看却没有发现什么。这个小伙子心里很恐慌，但意识到自己并没有做什么坏事，他也就不害怕了。

就这样，一夜过去了。太阳刚一出来，小伙子就到自家的水田里耕作，直到天完全黑了才扛着锄头回家。还没进家门小伙子就闻到了一股香气，他赶紧走进厨房，看见桌子上摆满了自己喜欢吃的饭菜。小伙子想了很长时间也没想出来到底是谁给自己做的饭，不过看着这些可口的饭菜，小伙子也没多想就把它们全给吃了。可是这样的怪事在第三天、第四天依然发生。小伙子虽然很高兴，但还是希望弄清楚是怎么回事？

太阳又升起来了，小伙子还是和往常一样早早地扛着锄头下地干活了。小伙子在田里越想越不对劲，他决定回去看个究竟。就这样小伙子偷偷溜进自己的厨房躲了起来，他想看一看这几天到底是谁给他做的晚饭。时间就在小伙子等待中过去了，厨房里很安静，小伙子等的有点着急了。正当他准备出来的时候，他听到水缸的盖子被打开了，一位他从没见过的姑娘从水缸里走了出来。这位姑娘身上穿着红色的裙子。小伙子从没见过这么漂亮的姑娘，他竟然看呆了。这位姑娘好像并不知道小伙子躲在厨房，姑娘像往常一样淘米、洗菜。

　　小伙子一直躲在那个角落里看着姑娘的举动，直到这位姑娘把晚饭做好。晚饭做好了，姑娘看了一眼厨房准备出去，就在这时，小伙子从角落里出来拉着姑娘的手，不让这位姑娘回去。姑娘原本以为厨房里面没有人，当小伙子跳出来的时候，她完全被吓到了，当姑娘看清是小伙子的时候，心里面平静了许多。

　　小伙子问姑娘为什么要帮他？为什么不嫌他丑？

　　这位姑娘告诉小伙子，她是海螺姑娘，自己原本生活在海里面，可是有一天自己玩耍的时候被渔民抓到了，在渔民将她带回家的时候，她逃脱了，最后还是小伙子救了她。海螺姑娘还说是因为小伙子勤快、不怕苦、不怕累，感动了自己，所以海螺姑娘每天晚上都会从水缸里出来为小伙子做一顿他喜欢吃的饭菜。

▲海螺

109

　　小伙子听了海螺姑娘的话后，便想娶海螺姑娘作为自己的妻子。可是海螺姑娘说要想娶她必须得等三年，三年之后自己才能嫁给小伙子。可是小伙子再也不想一个人吃饭，一个人睡觉，一个人干活了，他苦苦哀求海螺姑娘嫁给他，他一刻也不想等了。海螺姑娘看着这个勤劳的小伙子，自己也不愿意让他失望，于是海螺姑娘就答应了。

　　从那天起，海螺姑娘就成了小伙子的妻子，他们过上了幸福的生活。每天一大早，小伙子就下地耕田或者下海捕鱼，海螺姑娘就做好可口的饭菜等着小伙子回来。幸福的日子总是过得很快，一转眼，三年就这么过去了。一天晚上，小伙子吃完晚饭带着海螺姑娘在村子里面散步，这时，海螺姑娘抱着小伙子哭了起来。小伙子很奇怪，这三年时间内，海螺姑娘从来也没有哭过，为什么今天突然哭了呢？她是不是得病了？小伙子很着急，他苦苦哀求海螺姑娘告诉他为什么哭，在小伙子再三追问下，海螺姑娘擦干眼泪告诉小伙子说，三年前自己不忍心小伙子一个人孤单地活着，便答应嫁给他，可是海螺的寿命只有三年，现在三年的时间到了，海螺姑娘也该走了。小伙子听完后很伤心，他拉着海螺姑娘的手不让她离开。可是海螺姑娘也没有办法，她安慰小伙子不要太伤心，有开始的一天就有结束的一天。第二天，海螺姑娘真的消失了，留给小伙子的只有一个红色的海螺壳。

龙外孙的故事

住在东海的渔民有一个习惯，就是要打扮自己的渔船，在小船的两面画上很多漂亮的图案，在船尾却只画一条泥鳅，为什么呢？这就是我们要讲的一个故事。

很久以前，在东海有一座宫殿叫龙宫，龙宫里有一条鱼长得非常丑，而且浑身还是黑漆漆的颜色，这条鱼是一条敲更鱼，他已经不记得自己在这龙宫里面敲了多久了。敲更鱼每天的生活都是一样的，吃饭、睡觉、敲更。这样一天天过去了，他发现龙子龙孙们一个个都成了家，都有了自己的妻子和孩子，可他却还是一个人。他抱着一个锣，在龙宫里敲呀敲，有时候，当他一个人走在深宫大院里的时候，常常会想起自己的身世，眼泪也不知不觉地跟着掉了下来。有时候他一边敲着锣，一边唱起悲伤的歌曲。他把自己的故事编成歌词，一边唱一边哭。每当别人听见他的歌声就会情不自禁地跟着哭起来。

就这样，时间一天天地过去了。一天晚上，皎洁的月亮高高地挂在天空中把龙宫照得通明。敲更鱼依然干着自己的工作，可是他的歌声却把隐居在高楼之中的彩珠公主惊动了。彩珠公主虽然长得很漂亮，可是因为自己的母亲失宠，自己也跟着母亲被打入了冷宫。虽然彩珠公主到了该结婚的年龄，可是由于自己的身世，所以没有一个人敢来提亲。

平常的这个时候，彩珠公主是不会离开自己的珠楼的，她每天都住在这里不与外界有任何接触。彩珠公主一个人住久了，感到十分寂寞、孤独和凄凉，她希望能有一个人来陪陪她。虽然彩珠公主不与外界有任何接触，但是每天的这个时候，她总能听到敲更鱼的歌声，她听得出歌声里的凄凉和冷落。时间长了，彩珠公主就特别想看看敲更鱼长什么模样，特别想知道自己是否可以向他倾诉自己的苦水。

说来也巧，就在这天晚上，彩珠公主站在自己的珠楼上赏月，敲更鱼也从远处过来，他们打了个照面。彩珠公主脸羞得通红，她抬起头看了一眼敲更鱼就跑进珠楼里面去了；敲更鱼也愣了，他像一根木头似的呆呆地站在那里。敲更鱼不敢相信自己眼睛，他从来没有看到过这么漂亮的女孩。他怀疑是不是嫦娥跑到海里来采珍珠了，还是某个天上的仙女偷偷下凡来玩了。敲更鱼在龙宫里见过很多公主，可是他从没见过比彩珠公主更漂亮的。敲更鱼猜想彩珠公主一定还会再出来的，于是他就站在楼下面朝阳台看去。时间很快过去了，眼看天就快亮了，彩珠公主还是没有出现，敲更鱼怀疑是不是那个仙女已经回到了天上，他看看天色已经快五更了，只能离开珠楼继续敲更去了。

此后，敲更鱼像是中了邪，每天晚上都要到珠楼下面，去看仙女是否再一次下凡，如果能够再见到那个仙女一次该多好啊。虽然敲更鱼总是这样想，可是三个月过去了，那个仙女依然没有出现，敲更鱼也不知道为什么。从那次之后，敲更鱼每天都浑浑噩噩的。一天，敲更鱼的好朋友弹涂鱼跑来告诉他，说那个赏月的公主是彩珠公主。不久之后，有人去龙王那告发敲更鱼，龙王听了之后龙颜大怒，他对龙母进行了呵斥指责，不仅如此，龙王还把彩珠公主关了起来。

敲更鱼听说之后，彻底死了心。

不久之后，敲更鱼死了。太医诊治之后发现，敲更鱼患上了相思病。

敲更鱼死之前，他找来自己的好朋友弹涂鱼倾诉自己的心事。他告诉弹涂鱼说，自己活着的时候不能再见一次彩珠公主的容颜，死了之后也愿意陪在她的身边。他要求弹涂鱼把自己的尸体偷偷地埋在彩珠公主的珠楼下面。弹涂鱼见自己的好朋友离开了，十分难过，可还是依照好朋友的心愿把敲更鱼葬在了珠楼下面。说来也奇怪，没过多久，敲更鱼的坟上长出了一棵大树，这棵

▲嫦娥画像

▲泥鳅

树的树干是深黑色的好像铁树，但枝叶却十分翠绿。这棵树好像中了什么法术似的一直长个不停，半个月之后，这棵树的树枝已经可以碰着珠楼的窗户了。

有一天晚上，那棵树突然开了很多花。树顶有一个最大的花，它的花瓣是黑色的，而且这朵花特别香，在几里之外的人们也能闻得到。彩珠公主被这漂亮的花陶醉了，她从没闻到过这么好闻的花。一阵阵沁人心脾的花香飘来，彩珠公主再也按捺不住自己，她伸手摘了一朵花，放进嘴里，慢慢地嚼着。彩珠公主发现这朵花特别甜，好像吃了蜜似的，就这样，不知不觉把整朵花咽到了肚子里。不久之后，彩珠公主竟然怀孕了，而且肚子一天比一天大。这件事很快就在龙宫里传开了。

龙王是一个暴君，当他听到自己的女儿怀孕的时候，气得暴跳如雷，他是绝对不允许自己的女儿干出这样的事。龙王气势汹汹地来到珠楼，手里面还拿着鱼肠剑。彩珠公主看见自己的父亲吓得嘴唇都白了，她捂着自己的肚子站在那里直发抖。龙王看着彩珠公主的样子，越看越生气，当龙王举起鱼肠剑准备刺向公主时，彩珠公主的肚子里传来了求救声："别杀我，别杀我，我自己会出来的。"过了一会儿，彩珠公主感到一阵恶心，这时一朵青云从公主的嘴里飞了出来。在这青云里翻滚着一条似龙非龙、似鱼非鱼的小东西，这就是泥鳅。泥鳅的个头远比龙的个头小得多，全身黑漆漆的，浑身光溜溜的。这个小泥鳅一张嘴，吐出来很多的污泥，将原本整洁漂亮的珠楼弄得一塌糊涂。

龙王看到这么一条小鱼把珠楼搞得乱七八糟，急忙命令虾兵蟹将捉拿他。可是这条泥鳅特别光滑，谁也抓不住他。正当虾兵蟹将要拿棍棒敲打他时，小泥鳅突然钻进了龙王的耳朵里，然后又从耳朵钻到了龙王的肚子里。小泥鳅在龙王的肚子里狠狠地咬了几口，咬得龙王哇哇直叫，眼泪都流了出来。龙王乃九五之尊，从没被人这么折腾过。所以，龙王没办法只得向小泥鳅求饶："我的小外孙啊，你别在我的肚子里了。你快出来吧，我封你为将军，去管理东海的鱼草。"小泥鳅听到龙王求饶之后便从龙王的肚子里爬了出来。

从那以后，在东海里不管是什么鱼，见了小泥鳅之后都要让他三分，哪怕是最凶猛的大鲨鱼见了他也要回避。

可能就是因为这个原因，东海的渔民们都喜欢在自己的船上画上一条泥鳅，祈求出海平安。

龙头金钗

　　舟山附近有一个小岛叫六横岛，六横岛上有一个村子叫田坳村，田坳村的后面是一座很大的青山，村子的前面是一片海滩。在这个村子里住着一对兄弟，老大叫大郎，老二叫二郎。

　　在一个月光如水的晚上，兄弟二人决定到村子前面的沙滩上去捉沙蟹。他们来到沙滩，看到满地都是沙蟹，兄弟二人十分高兴。于是大郎拿起扁担在前面打，二郎就在哥哥的后面拾。不一会儿，二郎发现自己的箩筐已经装满了沙蟹，便对大郎说："哥哥，箩筐装满了，我去倒在地里面马上回来！"大郎回过头去叮嘱道："弟弟，快去快回啊！别在路上贪玩误了正事！"

　　"知道了哥哥！"二郎回了哥哥一句便背起箩筐回家去了。

▲沙蟹

　　二郎没敢耽搁太多时间，他把沙蟹倒在地上后急忙背起箩筐去找哥哥。当他回到沙滩之后发现自己的哥哥不见了，也不知道到哪里去了。二郎开始还没太在意，以为哥哥去玩了，可是过了一会，哥哥还是没有回来，二郎开始着急了。二郎把沙滩找了一遍也没找到，然后他又跑回家，希望自己的哥哥已经回到家里了，可二郎失望了，家里面冷冷清清的根本就没有大郎的影子。

　　二郎急得哭了起来，他跑到村长爷爷家里，村长爷爷告诉二郎："二郎啊，这海里面住了一条千年的黑鲨鱼，它经常游到岸边去吃人。你还记得吗，你的爷爷和爸爸都是被这个千年鲨鱼给吃了。我估计大郎很可能也被它吞了下去。"

　　二郎拜谢了村长爷爷，想到自己的爷爷、爸爸和哥哥，二郎十分伤心，他发誓一定要为自己的亲人报仇。村长爷爷看到二郎这么执拗便告诉他，如果要找那条千年鲨鱼报仇就得去龙山湾找龙公主，龙公主有本事可以帮你报仇。

　　二郎再一次拜谢村长爷爷。他辞别来送行的父老乡亲就上路了。二郎遵照村长爷爷的指点一路向东，翻山越岭，走了整整一个月才赶到龙山湾。二郎在龙山湾发现一个黑龙潭，这个黑龙潭黑漆漆的，深不见底。二郎望着黑龙潭一时间不知道该怎么办，他就绕着潭水一圈又一圈地转着，最后毫无办法的二郎急得坐在黑龙潭边上哭了起来。说来也奇怪，二郎的一滴眼泪偶然间滴落在潭水里，突然，黑龙潭亮起一道白光，潭水自动分开一条路，一座大宫殿就坐落在黑龙潭深处。二郎见状便擦去眼泪，憨头憨脑向宫殿跑去。

　　二郎来到宫殿，发现这一幢幢楼房都是用水晶堆砌起来的，宫殿里面色彩缤纷，十分好看。二郎看到龙公主的宫殿不由得赞叹道："多么好的宫殿啊，真大！真漂亮！比我们的村子都好看。"二郎在宫殿里转了一会，却始终找不到龙公主住的房间，二郎一个房间一个房间地找，突然，二郎看见一间屋子灯光闪烁不停，他猜想那肯定就是龙公主的房间了，于是他快步向那个房间走去。二郎走进去才发现，屋里面没有龙公主只有一个大蒸笼，热气腾腾的，在蒸笼的外面有一只火龙。火龙看见陌生人进来，不由分说"呼"的一声吐出一团火。二郎劝自己不能着急，即使身上已经被火龙喷出的火烫伤了。这时，二郎发现，蒸笼下面有一盆冰，他急中生智猛地端起那盆冰泼到自己身上。那条火龙见二郎身上湿淋淋的也就灰溜溜地走了。

二郎见火龙走了之后，便打开蒸笼。他发现蒸笼里面全都是鱼和虾。二郎经过这么多天的奔波早已经筋疲力尽，他不管三七二十一，拿着蒸笼里的鱼和虾就吃了起来。二郎发现自己吃一口，身子就长一截，力气就大一点，等到二郎吃饱，他已经变成了一个风流倜傥、壮壮实实的小伙子了。

黑龙潭的龙宫，大殿连着小殿，二郎也不知道龙公主到底住在哪一个宫殿，哪一个房间，他就这样没头没脑地寻找着。忽然，二郎听到远处传来乐曲和笑语声，他就顺着声音来到了一座宫殿。二郎趴在门口往里面看，只见里面有一群漂亮的穿着好看衣服的姑娘，她们在那里边唱边跳。虽然这些姑娘又唱又跳很开心，可二郎心里面却很烦躁，他不想听也不想看这样的表演，于是二郎就对着这群姑娘大声喊道："你们能不能停一下，我问你们一个问题，你们知道龙公主在哪个房间吗？"姑娘们跳得正高兴，却被突然的一声吼叫吓了一跳，她们看见门口有一个傻小子便笑着说："龙公主不在，要不你来和我们一块儿跳舞吧！"

二郎很着急，向这群姑娘挥挥手便要转身离开。就在这时，二郎听到一个清脆的声音："二郎慢走！"

二郎转过身，看见两个宫女簇拥着一位有着闭月羞花之容的少女走来。

那群姑娘看到这位少女便纷纷跪拜："参见龙公主。"

▲鲨鱼

二郎看到龙公主来了，急忙走上前去跪拜。龙公主看这个傻呆呆的家伙十分可爱，便扶起二郎说："二郎，你的来意我都知道了。可是我不知道的是你有没有勇气去和那条黑鲨鱼搏斗，它可是十分凶恶的啊！你难道不害怕吗？"

"为了自己的爷爷、爸爸和哥哥，为了帮渔民铲除这个祸害，我就是死了也得把那条黑鲨鱼杀了。"

龙公主看着眼前的二郎，微微一笑，从自己的头上拿出一根金色的龙头金钗交给二郎并嘱咐道："这个你拿去吧，当你遇到危险的时候你会用得着它。"

二郎急忙拜谢龙公主，他接过公主的龙头金钗转身离开。

二郎拿着金钗离开黑龙潭，来到东海。他望着一望无际的大海开始犯愁，他不知道该去哪里找那条黑鲨鱼为自己的亲人和乡亲报仇，他心里想，要是有一条路该多好啊。这时二郎手里面的龙头金钗闪闪发光，片刻之后，海水中间露出一条宽三丈的路。二郎看到这条路既惊奇又兴奋，他顺着这条路一直往前走，也不知道走了多久，二郎已经累得走不动了，这时他看见一个沙丘，于是便坐在沙丘上休息。二郎坐了一会儿感觉很奇怪，他发现自己坐的沙丘一直在动，于是就低下头想看个究竟。他低下头一看，发现原来那只黑鲨鱼竟然藏在沙丘里睡觉。这时，那条黑鲨鱼也醒了，它看见二郎站在它面前，于是大嘴一张就把二郎给吞进肚子里面去了。

由于黑鲨鱼的嘴巴太大，二郎直接从鲨鱼的嘴里跑到了肚子里。黑鲨鱼的肚子里黑乎乎的什么也看不见，二郎拿出龙头金钗想看看这周围都是什么。他举起金钗查看，发现在不远处，自己的哥哥大郎躺在那里，虽然昏昏沉沉的但还活着，二郎看到这里便舒了一口气。于是二郎就用龙头金钗把自己的哥哥唤醒，二郎对自己的哥哥说："哥哥，我们现在在鲨鱼的肚子里。你先不要急，等我杀了这条鲨鱼，我们就回家去。"

二郎说完，举起手中的龙头金钗向黑鲨鱼的心脏扎去。黑鲨鱼被二郎扎的上下翻滚，一不小心撞死了。

于是二郎拿着龙头金钗把黑鲨鱼的肚皮划开，拉着大郎跑了出来。

大郎兴奋地说："弟弟我们快回家吧。"

二郎拉着大郎说："哥哥，不急。我们把这条大鲨鱼拉回去够乡亲们吃半年的呢！"

"可是这条鲨鱼这么大，我们怎么拉啊？"

二郎心里面也犯了难，怎么样才能把这么大的鲨鱼拉回去呢？对了，我们还是来求求龙头金钗吧，它肯定能帮我们。二郎刚说完，龙头金钗闪出一道道金光，招来了几十条大鲸鱼，托起黑鲨鱼就往二郎的家乡游去。

岑港老白龙

东海附近有一个小岛叫舟山岛，舟山岛上有一个海港叫岑港，岑港附近有一座高山，高山上每天都有大量的水倾泻下来，形成瀑布挂在悬崖上，特别漂亮。由于山上流下来的水长年累月地冲刷，在高山下就冲出了一个很深的石潭，当地人叫它"龙潭"。

传说在很久以前，石潭里住了一条老白龙，当地人称它为"岑港老白龙"。每当这个地方遇到干旱或者其他天灾人祸时，那条老白龙总会赶来相助，不管是多么困难，多么辛苦。在这条老白龙的护佑下，这里的村庄年年风调雨顺，五谷丰登。人们称它为"岑港老白龙"是为了感恩。

这一年，舟山又发生了干旱。老白龙正准备去大海里吸水降雨，可是谁也没有想到，东海龙王竟然到天庭状告老白龙说他违反天条。玉皇大帝竟然听信了东海龙王的话，让太白金星降下旨意不准老白龙去东海吸水。老白龙虽然很气愤，可是他没有办法，他不得不遵守玉皇大帝的旨意。老白龙无可奈何只有回到自己的龙潭，避开祈求的人们。这一天，老白龙实在不愿再听村民的祈祷，就偷偷地溜了出来，老白龙一路走来心情都很沉重，因为他看到的是一片禾苗枯萎、河水断流的景象。他也没有办法，只能祈求玉皇大帝早一天可以让他去东海吸水来拯救这些受苦受难的百姓！

▲玉皇大帝塑像

　　就在老白龙行走的时候，他忽然听见一阵哭声。于是老白龙停下了脚步，向远处望去，只见一位年轻的妇人披麻戴孝，跪在沙滩上，面对着滚滚大海号啕大哭。老白龙看妇人哭得如此伤心，心里面也难免心酸，于是走上前去问妇人："请问夫人，发生了什么事情让你如此伤心？"

　　那位年轻的妇人抬头看见一位头发花白、胡须也花白的老头，擦干眼泪回答道："我叫青莲，家就住在附近。我的父母在我很小的时候就去世了，我是由哥哥和嫂子养大的。长大后，他们把我嫁给了一个孤儿，虽然他是孤儿，但是我们十分恩爱，尽管日子过得很清苦，我们还是很幸福。可是美好的事物总是不能长久，我们成亲还不到半年，就碰上了现在的大旱天气。我们的田地里颗粒无收，没有办法，为了生活，丈夫就召集乡亲们下海捕鱼。可是谁曾想到，他们第一次出海捕鱼就碰上了风暴，船被大风吹翻了，丈夫也掉进海里淹死了。现在就剩下我一个寡妇，我该怎么活下去啊！"

老白龙见青莲的身世这么可怜便安慰道："孩子，你也不要太伤心了，人死如灯灭，如果你愿意，我这个老头可以帮你打三年的鱼。"

青莲看着眼前的白胡子老头，急忙说道："这怎么可以呢，您已经那么大的年纪了，我怎么能让您受累呢？"

老白龙看着青莲如此懂事，便安慰道："孩子你放心吧，我自有办法。"

青莲看老白龙不像说谎的样子，心里便暗暗地想，这个老头为什么会这么可怜我呢？难道他也是受了灾的人？我还是将他留下来好了。于是青莲对老白龙说："这位大爷，我从小就没有双亲，你要是不嫌弃，你就让我认您做干爹吧。"

老白龙心里十分高兴，他伸出双手将青莲扶了起来，拍了拍青莲身上的灰尘说道："孩子不必这么客气，我也想要一个你这样的女儿啊。"

于是老白龙就跟着青莲回到了她的家。一到家，老白龙就开始修理那只破渔船。青莲看见干爹不辞辛苦地干活心里很激动，于是她也赶紧为老白龙准备晚饭并按老白龙的吩咐，做了满满一篮的糯米饼。晚上，青莲坐在老白龙旁边，看着干爹修理船具，不知不觉竟然睡着了。当青莲再醒来的时候，天已经大亮了。青莲急忙为老父亲做饭，做完早饭，青莲就看见老白龙大汗淋漓，从一条崭新的船里爬出来。看着干爹辛苦的样子，青莲心里很不好受，便端着自己准备的早饭让父亲食用。

老白龙吃过青莲准备的糯米饼，就带着几个乡亲去大海里捕鱼了。渔船由几个年轻力壮的小伙子掌舵，跑得飞快，不一会儿便来到了海洋的深处。老白龙站在船头上，看了看四周的海水对左右的乡亲说："我们今天就在这里撒网吧。"乡亲们按照老白龙的吩咐将渔网撒了下去，而老白龙却因为太累在船舱中睡着了。乡亲们都知道老白龙昨天忙了一夜，谁都不好意思打扰他。过了一会儿，老白龙突然醒了，对大伙喊道："快拉起渔网，快点！乡亲们闻声便慌慌忙忙地把渔网拉了起来。

可是大家拉起渔网的时候感觉里面什么都没有，因为渔网没有什么重量，大家看了看老白龙，脸上露出了失望的神情。可是当大家完全把渔网拉上来的时候，发现里面竟然装了满满一大网的鱼，个个都活蹦乱跳的。乡亲们高兴万分，急忙把捕到的鱼倒进船舱里，当把所有的船舱都装满了，渔网里还剩下了很多鱼。乡亲们你看看我，我瞧瞧你，都被这种景象惊呆了。

傍晚，渔船回来了。青莲看见大家捕了这么多的鱼，心里面十分高兴。乡亲们都说，这都是老白龙的功劳。青莲也搀扶着干爹笑着说："是啊，我爹就是有本事。"

从那之后，老白龙就带领着大家起早贪黑地捕鱼，每一次都能捕到很多鱼，就这样乡亲们的生活也一天天地好起来了。

转眼间半年过去了，老白龙带领大家过上了幸福的日子。这一天一大早，老白龙又带着大伙出海捕鱼去了。青莲一个人在家为干爹准备他最喜欢吃的糯米饼。眼看太阳就要下山了，按照惯例这个时候大伙早该回来了，可是今天依然没看到大伙的身影。青莲就坐在沙滩上等着。等到太阳下山了，月亮出来了，他们还是没有回来。月亮也下去了，太阳又升上了天空，还是不见大伙和干爹的踪影。青莲坐在沙滩上又饿又累，慢慢地睡着了。

在梦里，青莲看见了筋疲力尽的干爹。她走过去焦急地问道："爹，你们怎么去了那么长时间啊？"

老白龙抚摸着青莲的头发说："孩子，我要走了，你自己要好好照顾自己啊，我实在不能帮大家了。如果你要是想我，就到舟山附近的岑港来找我，我会在屋子前面挂上六丈六尺的红布。"

时间就在青莲的等待中过去了，直到第八天，海上的风浪才逐渐平息。青莲组织大家去寻找失踪的乡亲们，可是整整找了三天也没有找到。青莲不甘心，她想起来老白龙跟自己说过，如果要找他就去舟山的岑港。于是，青莲精心准备了干爹最爱吃的糯米饼，和乡亲们说了一声便出发了。

青莲走了整整一个月，翻过一座又一座大山，涉过一条又一条的河流，终于来到了舟山，看到了岑港。可是当青莲在这里寻找的时候，怎么

▼舟山风光

也找不到干爹的身影，她举目望去，这一片莽莽的荒野怎么会有人住呢？青莲还是不甘心，她在山里面找了很长时间，终于在一个石潭前面看见了六丈六尺的红布。她赶紧跑到石潭边向下望去，但看见的只有青幽幽的潭水，难道老父亲掉进去了吗？

青莲拿出自己准备好的糯米饼往潭水里面扔，扔一个便喊一声："爹爹，你快回来吧。"

青莲丢了一会，突然间听到潭水中有水波滚动的声音，然后慢慢地在石潭口露出了一个龙头。

青莲看见龙头吓了一跳，她急忙往远处跑去。就在她逃跑的时候，一个熟悉的声音传入了青莲的耳朵："孩子，你不要害怕，我是你的干爹啊。"

青莲听到了熟悉的声音，便又转回头来。她擦干眼泪，看着眼前的大白龙问道："爹爹，你怎么变成这个样子了？你为什么不回家去啊？"

老白龙听到青莲的询问也哭了起来，他颤抖地说："孩子，我也想回去啊，可是我现在被玉皇大帝禁锢在这里，没办法啊。"

"爹爹，你为什么被玉帝禁锢啊？"

老白龙擦干眼泪说道："孩子，我以前原本是本地的一条白龙，今年遇到大旱，我准备去东海吸水降雨，可是谁知道被东海龙王参了我一本。玉皇大帝竟然听信了东海龙王的话，从此再也不让我去东海吸水了。虽然，我不能去东海吸水，可是我还是想帮助大家。于是，我又变成一个老头子去帮助百姓捕鱼，岂料这样又得罪了东海龙王，东海龙王去玉帝那里说我残害鱼虾，扰乱龙宫。于是，玉帝下旨把我禁锢在这个地方，永远不得外出。"

青莲听完干爹的话，气愤极了。她抱怨道："为什么好人总是要受这么多的苦呢？为什么好心却得不到好报？这个世界上还有公平吗？我们这样的百姓活着还能干什么呢？"青莲说完，把糯米饼全倒进了潭水里，随后纵身一跳，跳进了潭水里。

青莲跳进龙潭后变成了一条大青龙，一直跟着大白龙禁锢在这青幽幽的潭水里。

后来，当地百姓为了纪念这对父女，每隔三年就举行一次小型祭奠，每隔十二年举行一次大祭奠。祭奠的时候，百姓们敲锣打鼓，抬着大白龙、大青龙的模型，走街串巷，好不热闹。

巧妹绣龙

很久以前，东海有一个小岛，岛上有一个姑娘，大家都叫她巧妹。巧妹从小就喜欢刺绣，她绣了很多漂亮的东西，她的刺绣特别逼真，看起来就像真的似的。

有一年，这个小岛遇到了百年不遇的大旱灾，从三月开始持续到九月，天空中一丝乌云都没有。火辣辣的太阳把大地烤干了，河水断流，庄稼枯萎，就连巧妹种的小菊花都凋谢了。

看着百姓处于水深火热之中，巧妹的心里十分难受。为了能够帮助乡亲们早日求到雨，巧妹想尽了办法，可还是一点用都没有。巧妹一天天茶饭不思，卧寝难安，整个人消瘦了许多。母亲看在眼里疼在心里，她无比心疼地问巧妹："孩子啊，你这是怎么了？别把自己愁坏了啊。"

巧妹看着母亲难受的样子，也流下了眼泪。她拍着母亲的肩膀说："妈妈，你看这干旱的天气，我们的河水被晒干了，庄稼也枯萎了，大家正处在水深火热中，你让我怎么不忧愁啊。"

母亲看着巧妹痛苦的样子也叹了口气道："这都是命啊，老天要我们受灾，我们也没办法啊。这一段时间，百姓到龙王庙去求雨，可是求了这么长时间，一滴雨都没有下，我们也没有办法啊。"

"母亲，我想绣一条龙，如果我能够把这条龙绣活了，它不就可以帮我们下雨了吗？"

母亲也没有办法，于是宽慰巧妹道："巧妹呀，如果你真想绣，那就绣吧，我会支持你的。"

巧妹听到母亲的话，心里一喜，不过她又为难地说："母亲，你知道龙长什么样子吗？我长这么大从来没有见过龙，要是我能见一次真的龙，我就能把它绣出来。"

母亲也没见过龙的样子，所以她也不知道怎样帮自己的女儿。

巧妹想了很久，最后还是不知道怎么办。

一天巧妹的弟弟告诉她，可以去白龙溪看看，因为百姓经常去那里求雨，应该可以找到龙。巧妹受到了弟弟的启发，于是带着一些干粮，告别父母就出发了。

白龙溪距离巧妹家并不是很远，但是途中却有三座高山和一道峡沟。巧妹走了大半个月才走到白龙溪。可是现在的白龙溪已经不是以前的样子了。由于干旱，白龙溪的溪水已经全部干涸了，剩下的只是一道深深的水沟。巧妹看见现在的白龙溪，心里一阵失望。她没有办法，只有坐在附近的一块儿岩石上，望着水沟发呆。

这时，来了一位头发花白，面目慈祥的老爷爷。老爷爷看着巧妹一个人坐在那里发呆，觉得很奇怪，于是便走上前去问道："巧妹啊，这么热的天怎么不呆在家里，跑到这里干吗？"

巧妹听见话音，抬起头，看见一位老爷爷笑眯眯地站在她面前。巧妹急忙站起来，扶老爷爷坐下，恭恭敬敬地回答道："老爷爷，我来这里是来找老白龙的。现在正逢干旱，大家的生活越来越苦，为了能让大家生活得好一点，我决定绣一条龙，让龙吸水降雨来解决干旱。可是，我长这么大也没看见过龙，所以，我才来这个地方找龙的。"

老爷爷摇了摇头说："孩子，你看这里的溪水早就干了，哪里还会有龙啊？你还是赶快回去吧，别把自己累坏了。"

"不，我不回去。我一定要找到老白龙，只有找到了它，我们才有救。为了百姓，我不能回去。"

老爷爷看着倔强的巧妹也没有再说什么，只是叹了口气，然后走了。巧妹还是固执地坐在岩石上等着老白龙。

一天过去了，老白龙没有出现；两天过去了，老白龙没有出现；三天过去了，老白龙依旧没有出现。

等了许多天巧妹也累了，她又回到那个岩石附近。

这时，那位老爷爷又出现了。老爷爷走到发呆的巧妹旁边说："巧妹啊，你还是回去吧，这么多天了还没找到，老白龙肯定是不会出现了。"

巧妹倔强地说："老爷爷，谢谢你！我一定会找到老白龙的，即使今天找不到，还有明天，明天找不到还有后天呢，您就不用担心了。"

老爷爷见自己的话没起作用，也不好再打扰巧妹，便又悄悄地走了。

巧妹没有放弃，还是继续寻找。她找遍了整座大山，寻遍了所有的角落，还是不见老白龙的影子。瘦弱的巧妹再也坚持不住，昏倒在了岩石边。

老爷爷又出现了，他扶起昏倒的巧妹，把她放到一个阴凉处。没过多久，巧妹醒过来了，当她看见老爷爷时再也抑制不住心中的委屈，"哇"的一声哭了起来。老爷爷急忙安慰道："巧妹啊，不要哭，不要哭。我听说老白龙是被玉皇大帝禁锢起来了，他不能来见你，你还是下山去吧，这么等也不是办法啊。"

巧妹还是不肯低头："不，我不回去，我出来这么长时间什么也没做到，我回去了怎么见我的父母啊？"

老爷爷听了巧妹的话，心里一阵心酸。老爷爷十分感动，滴下了两滴眼泪。说来也奇怪，老爷爷的两滴眼泪就下了两场大雨。第一滴眼泪落下来，禾苗转

▲龙刺绣

青，河水开始上涨；第二滴眼泪落下来，枯井里也有了甘甜的水。

巧妹看到这么奇怪的现象，知道肯定是老爷爷在帮助自己，于是赶紧叩谢老爷爷。

老爷爷看到自己的两滴眼泪帮百姓解决了干旱，知道自己已经闯祸了。于是他神色慌张地告诉巧妹："孩子，你快回去吧。我只能帮你这些了。"说完，就不见了老爷爷的身影。

没过多久，东海龙王知道了这件事，气得眼睛突出，胡须直翘，破口大骂老白龙不遵守天规，让自己颜面扫地。

龙太子见父王很气恼，于是讨好地说道："父王息怒，我这就去捉拿那只老白龙，让他永世不得翻身，给您消消气。"

龙王暂时压制住心中的怒火道："孩子，你去把老白龙叫到龙宫来，我有办法对付他。"

龙太子领命离开龙宫，然后腾云驾雾直奔白龙溪。老白龙听到风声就知道肯定有人来找麻烦了，于是抬起龙头，甩一甩自己的尾巴，扶摇直上飞上天去了。

龙太子见老白龙自己飞上天来，心里一阵暗喜，大声呵斥道："老白龙，你竟然违背天条私自降雨，你可知罪啊？"

"太子息怒啊，并非小神故意降雨的，我只是被巧妹感动了，掉下两滴泪而已。"

"休要狡辩，难道你不知道龙即使掉一滴泪也是违反天条的吗？"

"太子啊，你难道没有看到小岛上的百姓是怎么活着的吗？你们不给他们下雨，庄稼都枯萎了，河流也干涸了。你们这样还算是为百姓谋福的神仙吗？"

　　太子听完，大发雷霆，呵斥道："你这是在为自己辩解吗？本太子就不相信了，你还是快跟我走吧。"

　　老白龙知道自己肯定是躲不过去了，于是乞求道："太子，我还有些事情没办完，办完之后我就到龙宫请罪。"

　　龙太子看了看老白龙，心里盘算着他也没什么花样好耍就允许了。

　　我们再回头看一下巧妹，巧妹见下起了大雨，心里很高兴，知道自己不用再去找龙了，于是高高兴兴地回家去了。可是，巧妹还没走到家门口，雨就停了，火辣辣的太阳又升了起来，烤的大伙直冒汗。巧妹决定再去找老白龙，让他下一场更大的雨。巧妹刚转过身就看见那个老爷爷向她走来，于是巧妹赶紧迎上去，扶着老爷爷将他让进屋里面歇息。

　　老爷爷喘了口气说道："巧妹呀，我有很重要的事，你要帮帮我啊。"

　　巧妹急忙问道："老爷爷，你有什么事需要我帮忙啊，我一定会尽全力去帮你的。"

　　"巧妹啊，我就是你要找的白龙溪的老白龙。那天我看见你那么诚恳，自己也被感动地掉下了眼泪，可是谁知道就是这两滴眼泪惹了大祸。这两滴眼泪让小岛下了两场雨，龙王知道后，说我触犯了天条要来捉拿我。"

　　"啊，为什么啊？我有什么办法帮你吗？"

　　老白龙说："巧妹，你不是要绣龙吗？那你就绣一个和我一模一样的吧，这样我就可以用你绣的龙去顶替我了。"

　　巧妹听完心里一阵欢喜，为自己能够救老白龙感到兴奋。巧妹说："老爷爷，你就放心吧。我肯定能绣出一个和你一模一样的龙。"

老白龙微笑地点着头，然后轻轻一跳，飞上了云霄，化作一条白龙。

巧妹仔细观察了老白龙的样子，什么样的胡须，什么样的爪子，什么样的龙鳞，她从头到尾看了好几遍："老爷爷，我已经把您的样子完全记住了。你放心吧，我肯定能绣出一个和你一模一样的龙。"

老白龙满意地点点头，腾云驾雾飞走了。

老白龙走后，巧妹赶紧回到家中，找出一块绸缎，穿好针线，一个人坐在房间里开始绣了起来。巧妹心灵手巧，可是毕竟是一条大龙，如果要绣的一模一样，还是需要些时间和精力的。

一整天过去了，母亲来看巧妹，发现她已经把龙头绣好了。母亲走上前夸奖道："多么好看的龙头啊，白玉的胡须，水晶的眼睛，玲珑的龙角，真威风。"

巧妹听见母亲的夸奖脸都红了。母亲接着说："孩子啊，龙头都绣好了，你歇一会儿吧，你已经一天没吃饭了。"

"母亲，我不饿。我要抓紧时间赶快把龙身绣好，等我绣完了再吃饭。"

两天两夜过去了，巧妹终于绣好了龙身。

母亲又来让巧妹休息："女儿啊，你就休息一会儿吧，你已经三天三夜没睡觉了。"

"母亲，我不累，等我把龙尾绣好了我就睡觉。"

又过去了三天三夜，巧妹终于把龙尾绣好了。这时，巧妹的眼睛已经熬红了，手指也磨出了血泡，可她还是把老白龙绣出来了。绸缎上的老白龙，腾云驾雾，摇头摆尾，活灵活现，好像正在为受灾的百姓行云布雨呢！

　　巧妹绣完后，兴冲冲地去找老白龙。可是，巧妹把整座山，整条白龙溪都找遍了也没有找到老白龙的影子。巧妹有些急了，她对着天空大声喊道："老爷爷，老爷爷，我已经绣好了，你在哪里啊？出来啊！"可是不管巧妹怎么呼喊，还是没有听到老白龙有任何回音。巧妹拿出自己绣的龙，眼泪汪汪地说道："老爷爷，你在哪里啊？你听见了吗？为什么不出来见我啊？"

　　这时候，巧妹好像听见自己的绸缎在讲话，它告诉巧妹："巧妹啊，你还是来晚了。昨天晚上，龙太子已经把老白龙抓走了。他们去凌霄宝殿状告老白龙私自降雨触犯天条，玉皇大帝听信谗言判了老白龙死刑。现在老白龙已经在刑场上了。巧妹啊，他知道你在找他，他能听到你，也可以看到你，可是他却再也不会回来了，你再也见不到他了。"

　　就在这时，天空中突然响了一声闷雷，老白龙的龙头掉在了溪水里，有一滴龙血正好落在巧妹捧着的绸缎上。

　　巧妹突然感觉手里的绸缎在翻滚，她低头一看，原来自己绣的那条龙活了过来。那条龙腾空而起，绕着巧妹转了三圈然后钻进了溪水里。

　　从此，白龙溪的水一直没有断过，舟山的那个小岛再也没有干旱。

管家老龙

　　中国北宋时期，舟山岛上有一个很大的村庄，这个村庄叫做洪家村。洪家村的后面有一座高山，这座山叫做洪家山。洪家山上有一个很深的石潭，这个石潭叫做龙潭。相传，在这龙潭里住了一条龙。这条龙是洪家村的保护神，每当这个村庄遇到干旱时，这条龙就飞到东海吸水，然后向天空喷水。龙喷出的水就变成了一场大雨，帮助这里的百姓解决旱灾。如果洪家村遇到涝灾，这条龙就张开大嘴，一口气把多余的水全吸到肚子里面去。正是因为有了这条龙，洪家村才年年五谷丰登，到处一片丰收景象。洪家村的村民很感激这条龙，每年的五月初五就会带着一些供品去祭拜。

　　洪家山上的这个石潭，上面的口很小，下面却很大，石潭的周围十分光滑，潭水深不见底，据说，这个石潭里面的水是和东海相接的，永远不会干涸。洪家山这条龙已经在这里住了几千年了，可以说是一条老龙了，即使这样，洪家村的村民们也从未见过老龙长什么样。这条龙还有一个结拜的兄弟，即钓鱼港的青龙。青龙常常劝这条老龙换个地方居住，但他总是找各种理由拒绝。他告诉青龙，虽然自己的龙潭很小，但是它的位置很高，可以看到远处的风景，自己在深山老林里过惯了悠闲的生活不想再出去了。

　　有一天深夜，这条龙觉得心神不宁，好像有什么大事要发生，于是他就钻出龙潭，站在洪家山上，极目远眺。他看见远处火光冲天，杀声此起彼伏。

这条龙知道战争要来了，于是他腾云驾雾，飞到天上，举目望去，原来是倭寇把枣阳城围得水泄不通，城内宋朝的军营里，士兵的水源被切断了，就连战马的粮草也用完了，眼看城内的宋军就要全军覆灭。这条龙开始犯难了，去救吧，难免要大开杀戒，造成生灵涂炭；不救吧，又不忍心看着满城的百姓跟着遭殃。他想来想去也没有什么办法，于是决定去钓鱼港找青龙兄弟商量。钓鱼港面对广阔的东海，水深海阔，而且钓鱼港的青龙有自己的龙宫。这一天，青龙正在龙宫里饮酒寻欢，忽然听到有人禀报说，洪家山的老龙来了，便急忙起身去迎接老龙。青龙吩咐鱼兵蟹将准备好酒好菜，殷勤款待自己的好兄弟。

洪家山的老龙哪有心思和兄弟喝酒啊，他放下酒杯，忧心忡忡地对青龙说了自己的心事。青龙听罢，竟哈哈大笑地说："大哥，你何必杞人忧天啊，上有天庭，下有黎民百姓，我们干嘛要管呢？"洪家山老龙听出了青龙的意思，于是也不再邀请青龙和自己一块儿去枣阳了。他放下酒杯，当即向青龙道别。

离开钓鱼港后，洪家山老龙腾云驾雾，越过座座高山，不一会儿就来到了枣阳城的上方。他看着城中的百姓心中有一丝不忍，于是变成一个白发老翁。只见这个老翁挑着扁担急匆匆地向枣阳城走去。老翁到了城下被一个士兵拦了下来，士兵看了看老翁的模样开口说道："老伯伯，现在正在打仗呢，你不能进去啊。"

这个老翁擦去头上的汗对士兵说："孩子，我是来给你们送东西的，你就让我进去吧，我把东西放下我就离开。"

守城的士兵听说是来给大家送东西的，心里一阵感激，可当他看到老翁挑的东西时就傻眼了。老翁扁担前面挑了一桶清水，扁担后面挑了一捆稻草和一些粮食。守城的士兵苦笑着对老翁说："大爷，感谢您一片好心啊，可是就这一桶水、一捆草不够我们用的啊，我们这里有很多人，您还是回去吧。"

老翁朗声笑道："孩子，我现在没时间和你解释，等你们用完再说吧。"老翁一边说，一边挑着扁担进了城。

枣阳城内的士兵和百姓们听说有人给他们送水来了，就一起跑了过来。他们拿着碗迫不及待地伸进水桶里面。士兵和百姓感觉自己喝的水特别清凉，特别甘甜，立马就有了精神；战马吃了老翁挑来的稻草后，一个个威风凛凛，长久嘶鸣。最奇特的是，明明只有一桶水，可是成千上万的人喝饱后，一点也没见下去；那一捆稻草不管多少战马吃，总是不见少一丁点儿。

士兵们感觉很奇怪，于是大家一起，抬水的抬水，挑草的挑草。一时间，兵营里乱翻了天。

自从老龙给枣阳城送去水和稻草后，宋军一下子兵强马壮，充满了斗志。城内的士兵和老百姓也很感激，他们纷纷跑来看望这个老翁并询问老翁尊姓大名，家住哪里？

老翁只是乐呵呵地回答："我姓洪，家住在舟山对面的洪家庄。"

几天之后，枣阳城的士兵们与倭寇展开了决战，由于宋兵兵强马壮，他们把倭寇打得大败而逃。在这场战争中，宋军转危为安多亏了那个老翁，所以他们对老翁更加尊敬了。枣阳城的守城将军也将战争的情况报告给了皇帝，皇帝听后大为感动，表示要当面给予老翁封赏。

皇帝派朝中的一名高官去洪家村寻找这位老翁并把他带回来。这位钦差奉旨离开当时的京城开封，一路风尘仆仆，翻过座座大山，穿过钓鱼港，越过广阔的东海，终于到达了舟山。钦差选定了一个日期后骑着高头大马，不可一世地向洪家村进发。当他们走到村口的时候，见有一个老人坐在石头上乘凉，便下马问道："喂，老头，你们村有没有一个姓洪的老公公啊？"

这个老人就是洪家山的那条老龙，只不过他又变成了另一副模样。老龙之所以这样是因为他不愿意接受皇帝的封赏，也不愿意离开洪家山。于是老头一脸茫然道："洪家村没有这个老头，你们找错了吧。"

钦差原本就不愿意来这个地方，当他听说这里没有那个老人的时候，便对手下吩咐道："既然这里没有那个老翁，我们也别在这打扰他们了，回去吧。"

于是，钦差带着大队人马原路返回。当他们的船只到达钓鱼港的时候，海上突然刮起了大风，天上也乌云密布。这些官员没有办法，只能暂时在这里多待一段时间了。说来也奇怪，当他们抛下船锚的时候，海面又恢复了平静。

钦差是一个聪明人，他知道肯定有神仙在这里，于是便双手合十祈祷："求上天保佑，我们此行是为了封赏帮助枣阳城解围的老翁，请您平息了这场风浪吧。"钦差刚祈祷完毕，风浪就平静下来了。

钦差为了感恩，当即对着钓鱼港的宣读诏书，果然，他们就平平稳稳地离开了。原来在这里兴风作浪的就是钓鱼港的青龙，当他看见皇帝要封赏老龙时，心里很不服气，于是便在这钓鱼港拦路讨封。

洪家山的老龙，这时正坐在洪家山上，把这里的情况看得一清二楚，心里感叹道：有危险自己不去救，现在封赏了倒是跑得比谁都快，真是一个小人啊。

从此之后，洪家山老龙再也不和钓鱼港的青龙来往了。

老龙还是住在洪家山的龙潭里，每天坐在山顶上观察着这个世界，为百姓行雨赐福，所以大家都称他为"管家老龙"。

在今天的浙江省舟山市附近有一个著名的渔场——舟山渔场。舟山渔场里有大量的黄鱼、鲳鱼、龙虾、螃蟹等，一年四季也捕不完。相传，在很久以前，舟山根本就没有渔场，因为这里海水浑浊，还时常有妖怪作祟。

直到这座岛上出现了一个孩子，这个孩子虽然年纪很小但下棋赢了东海的龙王，使得自己的家乡变成另外一副模样。

这个孩子叫做陈琪，是一个很奇怪、很特别的孩子。自从他父母在他一岁的时候给他买了一副棋盘之后，他就从没离过手。白天没事的时候在下棋，晚上睡觉的时候也紧紧地抱着棋盘，就这样，几年之后，陈琪下棋的本领越来越高了，和他一起玩耍的小伙伴

▲龙虾

141

送给他一个称号"东海棋怪"。不知不觉这个称号传到了东海龙王敖广的耳朵里。敖广是一个十分喜爱下棋的神仙，他还曾经跟随太白金星学过棋。自从学艺之后，敖广就没把任何神仙放在眼里。当他听说舟山小岛上有一个小孩子敢称作"东海棋怪"时，心里十分生气，感觉自己没有被尊重，于是他决定去找陈琪比试一番。

东海龙王来到小岛后，变作一位风度翩翩的公子，来到这个村庄去找陈琪下棋，看他是否像传说中的那么神奇。

那是一个下午，在海滩上有一群人正围在一起下棋，东海龙王敖广站在人圈之外，怎么也看不到里面下棋的场景，他看到的只是一个又一个浑身带着鱼腥味的渔民。他不知道那个陈琪长什么样子，于是决定在附近看看。

敖广没走多远，看见一群七八岁的小孩围在一块儿岩石周围看两个小孩下棋。敖广猜想，那个"东海棋怪"肯定就在这一群孩子里面，于是他走上前去。

这些孩童们谁也没注意有一个人来到他们身边，因为他们的目光自始至终都没离开过那个棋盘。正在博弈的两个小孩子水平相差很多，敖广一眼就看出来有一个孩子要输了，他忍不住在旁边喊道："快跳马，快跳马！"

没想到敖广的一句话惹怒了围观的孩子们，这些孩子毫不客气地指责道："你这么大一个人懂不懂下棋的规矩啊，怎么这么多话啊？不知道别人下棋的时候围观的人要安静吗？"

敖广没理这些孩子，还是在旁边喊道："快跳马，快跳马，要不你肯定输。"

这时，另一位少年也不下了，他站起来微笑着对敖广说："这位叔叔，你一定很懂下棋吧？"

敖广观察了一下这个孩子，发现他长得眉清目秀的便询问到："你就是传说中的东海棋怪？"

"叔叔夸奖了，我是陈琪。我可没有传说中的那么厉害，也不是什么东海棋怪。"陈琪害羞地说道。

敖广终于找到了自己要找的人，变换了另一种口气说："我不管你是不是东海棋怪，你敢和我下一局棋吗？"

"可以啊，我也想和叔叔下一局。"

"那我们就把这盘残局下完吧，也让我见识见识你的本事。"

说完，敖广便将另一位少年赶下去，接着他的棋下起来。不知不觉已经到了傍晚，陈琪明显更胜一筹。陈琪有自己的下棋原则：一不出车；二不下士。他只用一个马在棋盘上拐来拐去，把敖广逼得没有还手之力。东海龙王知道自己败局已定，急得眼睛都红了。

陈琪站起来对敖广说："叔叔，我们不用比了，你输了！我只用一个马就把你逼上了绝路。哈哈哈……"

"这局不算，我们重新来，我就不信我能输给你这个小娃娃！"

"叔叔，我看不用下了。下一局我就知道你有什么本事了，再下就是浪费时间了。"

敖广见这个小伙子竟然这样小瞧他，心中怒火中烧，大声呵斥道："你这个小毛孩这么看不起我，你知道我是谁吗？我就是这东海里的龙王敖广，小心我一口吃了你！"说完，敖广就显出自己的本来面目，两眼圆睁，龙鳞金光闪闪，着实吓人。

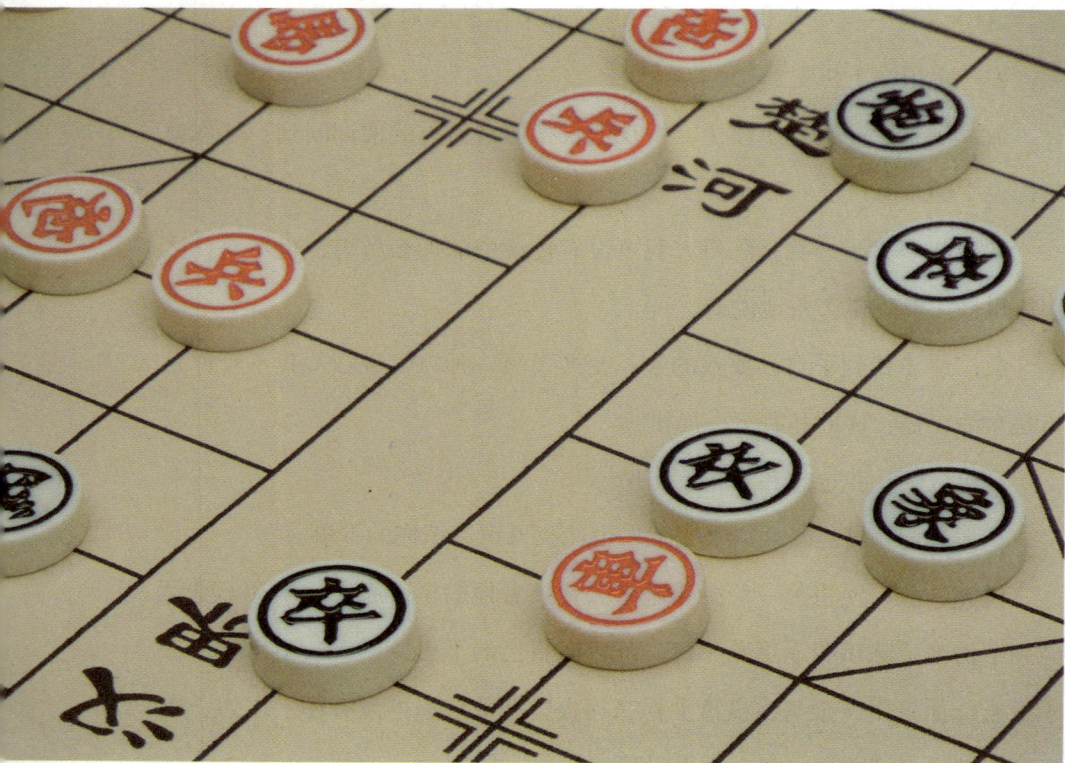

▲象棋

陈琪也不看龙王一眼，仰天笑道："哈哈哈，龙王就了不起了。不管你是龙王还是玉皇大帝，输了就是输了。"

"你这个小毛孩，看来你还是不知道我的本事啊。你我再比试三次，若我还是输了，我就每年往舟山岛赶来大量的鱼虾，让你们不用再去深海捕鱼。"

"你说的是真的，别骗我啊。"

"君子一言既出，驷马难追。"

"可以，我们就再比试一局。"

陈琪就和敖广重新摆盘，开始新一轮的博弈。龙王由于刚输一局，难免有些求胜心切，一开始就用"当头炮"想将陈琪的军。陈琪不慌不忙，沉着应战，突进自己的卒，没几着就把龙王一个冒进的车给吃了。龙王开始手忙脚乱，连连失子，很快就败给了陈琪。

龙王由于自己的冒进输给了陈琪，还是不服重新整理自己的思绪。这次，龙王步步为营，稳扎稳打，每一步都走得小心翼翼。可是，敖广的棋艺毕竟不如陈琪，经过一番苦战还是输给了他。

龙王感觉自己输给了一个小孩子，心里很不平衡："不行，这盘棋不算，我们重新来。"

还没等陈琪说话，旁边围观的孩童们开始喊道："龙王耍赖，龙王耍赖。"

敖广看着这些小孩打也不是，不打也不是，着实不知道该怎么办。如果龙王再输一局，他就得每年向舟山赶来大量的鱼虾。想到这，敖广心里还是很痛苦，他想来想去还是不能输。于是敖广决定去天庭找自己的师父帮忙，绝对不能输了。

龙王微笑着对陈琪说道："你在这等我一会儿，我马上就回来。"

龙王说完便腾云驾雾而去。没过多长时间，敖广就从天庭请来了太白金星。太白金星从自己的衣服里取出一副棋盘放在他和陈琪中间。这幅棋盘里面的棋子不是白和黑而是黄和白两种颜色，黄色的是用纯金打造的，白色的则是用纯银打造的。再看这个棋盘，它是用和田玉雕琢而成的，如此贵重的棋盘在世上是很难见到的。

敖广见自己的师父这么神气，也就安下心来。

"陈琪，你敢和我师父下一局吗？"

"有何不敢？"

于是双方重新摆上棋局开始了新一轮的对弈。太白金星果然比敖广强很多，棋艺很精湛。陈琪也使出浑身解数，努力和太白金星博弈。

一般人虽然看不出这盘棋的难度，可是敖广可以看出这盘棋杀声阵阵，不分伯仲。

这时，只见太白金星走了三步妙棋把陈琪逼上了绝路。小伙伴们都为陈琪捏了一把汗。可是陈琪依然不慌不忙，从容不迫，一步步地走着，就这样看似不经意间，把太白金星的棋子吃得差不多了。龙王看得目瞪口呆，想要把这棋盘掀翻。太白金星阻止道："算了，我认输了。敖广啊，你知道吗，我发现这孩子不是一般的人，他应该是北斗棋盘上的一颗棋。"

敖广听到太白金星的话不由得吃惊地问道："什么？陈琪是北斗棋盘上的棋子啊，怪不得我总是输呢。"

龙王没办法，只得向陈琪认输，并履行了自己的诺言，每年向舟山赶来大量的鱼虾。从此，就有了后世的舟山渔场。